हिन्द पॉकेट बुक्स

काग़ज़ की नाव

कृश्न चन्दर हिन्दी और उर्दू के कहानीकार थे। उनका जन्म 23 नवंबर 1914 को वज़ीराबाद, ज़िला गूजरांवाला (अब पाकिस्तान) में हुआ था। उनका बचपन पुंछ (जम्मू और कश्मीर) में बीता। उन्होंने अनेक कहानियाँ और उपन्यास लिखे हैं। उनके जीवनकाल में उनके बीस उपन्यास और 30 कथा-संग्रह प्रकाशित हो चुके थे। उन्होंने रेडियो नाटक और फिल्मी पटकथाएँ भी लिखीं। 1973 की प्रसिद्ध फिल्म मनचली के संवाद उन्हीं के लिखे हुए थे। उनकी भाषा पर डोगरी और पहाड़ी का प्रभाव दिखता है। उनकी कहानी पर धरती के लाल (1946) और शराफत (1970) जैसी फिल्में बनीं।

1969 में उन्हें पद्मभूषण से सम्मानित किया गया था। उन्होंने मुख्यतः उर्दू में लिखा, किन्तु भारत की स्वतंत्रता के बाद हिन्दी में लिखकर राजभाषा के प्रचार प्रसार में योगदान दिया। उनका निधन 8 मार्च 1977 को मुंबई में हुआ था।

काग़ज़ की नाव

अत्यन्त रोचक और व्यंग्यपूर्ण
सामाजिक उपन्यास

कृश्न चन्दर

हिन्द पॉकेट बुक्स
पेंगुइन रैंडम हाउस इम्प्रिंट

हिन्द पॉकेट बुक्स

यूएसए | कैनेडा | यूके | आयरलैंड | ऑस्ट्रेलिया
न्यू ज़ीलैंड | भारत | साउथ अफ़्रीका | चीन | सिंगापुर

हिन्द पॉकेट बुक्स, पेंगुइन रैंडम हाउस ग्रुप ऑफ़ कम्पनीज़ का हिस्सा है,
जिसका पता global.penguinrandomhouse.com पर मिलेगा

पेंगुइन रैंडम हाउस इंडिया प्रा. लि.,
चौथी मंजिल, कैपिटल टावर -1, एम जी रोड,
गुड़गांव 122 002, हरियाणा, भारत

पेंगुइन
रैंडम हाउस
इंडिया

प्रथम संस्करण हिन्द पॉकेट बुक्स द्वारा 1968 में प्रकाशित
यह संस्करण हिन्द पॉकेट बुक्स में पेंगुइन रैंडम हाउस द्वारा 2022 में प्रकाशित

10 9 8 7 6 5 4 3 2

इस पुस्तक में व्यक्त विचार लेखक के अपने हैं, जिनका यथासंभव तथ्यात्मक सत्यापन किया गया है, और इस संबंध में प्रकाशक एवं सहयोगी प्रकाशक किसी भी रूप में उत्तरदायी नहीं हैं।

ISBN 9789353495763

मुद्रकः रेप्रो इंडिया लिमिटेड

www.penguin.co.in

भूमिका

मैं 8 नवम्बर सन् 1948 को पैदा हुआ। मेरी जन्मभूमि नासिक है, लेकिन मुझे वहां रहने का बहुत कम अवसर मिला है। मैं एक आवारा-गर्द सैलानी हूं, गांव-गांव, शहर-शहर घूमता हूं और सदा चक्कर में रहता हूं।

जहां जाता हूं लोग मुझे हाथों-हाथ लेते हैं, आर मुखरित चेहरे से मेरा स्वागत करते हैं। इस दुनिया में मेरा कोई दुश्मन नहीं है, सब मेरे दोस्त हैं, सब मुझे दिल से चाहते हैं।

मैंने अपने छोटे-से जीवन में बहुत कुछ देखा है, सीखा है, खोया है, लेकिन अपने जीवन के बहुतेरे अनुभवों के बावजूद एक बात मैं बेखटके कह सकता हूं कि अपनी छोटी-सी ज़िंदगी में मैंने जो ख्याति और लोकप्रियता प्राप्त कर ली है वह बहुत कम लोगों का मिलती है। आज तक किसी बड़े से बड़े राजनेता, समाज-सुधारक या फिल्म-स्टार को भी वह प्रसिद्धि और लोकप्रियता नहीं मिली जो मुझे मिल चुकी है। भारत का बच्चा-बच्चा मुझे जानता है, पहचानता है और सम्मान करता है।

मैं दस रुपये का नोट हूं।

कागज़ की नाव

तुलसीबाई के होंठ भय से पीले पड़ गए थे और उसकी आवाज़ में सूखे पत्तों का कम्पन था। यह सोच-सोचकर उसकी आंखों के आगे अंधरा छा रहा था कि अगर आयशा बी ने भी इन्कार कर दिया तो क्या होगा? फिर वह क्या करेगी? किसके पास जाएगी? इसलिए तुलसीबाई ने हाथ जोड़कर, गिड़गिड़ाते हुए आयशा बी से कहा—"बाई! मेरी तानी दस रोज़ से बीमार है, उसका ताप टूटता ही नहीं। दस रुपये उधार दे दो, पगार में से काट लेना।"

आयशा ने 'न' तो नहीं की, पर बोली—"तेरी पगार इक्कीस रुपये है न? और तू मुझसे नौ रुपये उधार ले चुकी है अब तक इसी महीने में, है न?"

तुलसी ने सिर हिलाकर कहा—"हां!"

"अच्छा! अब दस और ले लेगी, तो हो जाएंगे उन्नीस। ठीक?"

"ठीक।" तुलसी ने बढ़ती हुई मायूसी से कहा।

"तो गोया महीना खत्म होने के बाद तुझे इक्कीस की बजाय केवल दो रुपये मिलेंगे, क्योंकि तू उन्नीस ले चुकी होगी। सिर्फ दो रुपये। अब तू अच्छी तरह से सोच ले, फिर उधार मांग।"

तुलसीबाई ने सोचा—आज तो मुझे अपनी बेटी की दवा-दारू के लिए रुपयों की ज़रूरत है। महीना खत्म होने के बाद फिर ज़रूरत होगी, तब मैं क्या करूंगी, यह मैं नहीं जानती। आगे भी अंधेरा है और इस समय भी अंधेरा है, पर मुसीबत की यह घड़ी तो टल जाए। किसी तरह मेरी तानी अच्छी हो जाए, आगे मैं देख लूंगी। मगर आगे भी क्या देखूंगी? आयशा बी ठीक ही तो कहती हैं। मगर ठीक कहने से क्या यह मुसीबत टल सकती है?

आज दस रुपये तो लेने होंगे, इसलिए आज की कठिनाई और आने वाली कठिनाई, दोनों के बीच संतुलन की चेष्टा करते हुए तुलसी ने बड़ी नम्रता से कहा—"तो मालकिन, थोड़ा-थोड़ा करके चार-पांच महीने में काट लेना।" तुलसी मेहनत करने वाली खुद्दार औरत थी। इस तरह मांगते उसे लज्जा भी आ रही थी, और अपने-आपपर क्रोध भी। आयशा पर भी उसे क्रोध आ रहा था—वह समझती क्यों नहीं कि उसकी ज़रूरत क्या है? आशया के बटुए में हमेशा नोट भरे रहते हैं और दिन-रात काम करने के बाद भी तुलसी की जेब हमेशा खाली क्यों रहती है? हे राम! मांगना कितना मुश्किल काम है? जी चाहता है गलाघोंट दूं किसी का। अपने क्रोध को दबाते-दबाते तुलसीबाई की आंखों में आंसू छलक आए। घुटे हुए दुःख और क्रोध के कड़वे आंसू थे। उन्हें देखकर आयशा का दिल पिघलने लगा—बाई अच्छी औरत है, रोज़-रोज़ तो मांगती नहीं, ज़रूर इसकी बेटी बीमार है। वैसे आजकल दुनिया में किसीका कुछ पता नहीं चलता कि कब कोई सच बोल रहा है और कब झूठ; पर दस

रुपये दे देने में क्या हर्ज है, तीन महीने में काट लूंगी।

उधर तुलसीबाई हाथ जोड़े विवश स्वर में कह रही थी—"मैं न मांगती, पर मेरा घर वाला तुम जानती हो तीन दिन से काम पर नहीं गया, शराब पीकर धुत्त पड़ा है। जागता है तो और शराब मांगता है, या मस्ती में आकर मुझे मारने लगता है, यह देखो।" तुलसीबाई अपने जिस्म पर पड़े नील दिखाने लगी—"अब उसे मैं क्या करूं?"

तुलसीबाई ने अपनी साड़ी के पल्लू से अपने आंसू पोंछ लिए।

आयशा बी ने अपने बटुए में हाथ डालकर मुझे निकाला और तुलसीबाई के हवाले करते हुए कहा—"ये लो दस रुपये, तीन महीने में काट लूंगी।"

'अच्छा' कहकर तुलसीबाई वहां से भागी। घर से निकलकर बाहर सड़क पर आ गई। मुझे ध्यान से देखा, जैसे उसे अपनी आंखों पर यकीन न हो। उसकी कांपती हुई उंगलियां मुझे इस तरह टटोल रही थीं जैसे मां प्यार से अपने बच्चे का बदन टटोलती है। सहसा उसने मुझे अपने गले से लगा लिया, अपने माथे से लगा लिया; जैसे मैं दस का नोट नहीं हूं, तानी का जीवन हूं, तुलसी की ममता की अंतिम आशा हूं। फिर वह सड़क पार करती हुई सामने के झोंपड़ों की तरफ दौड़ने लगी, क्योंकि दवा का नुस्खा तानी के बिस्तर के नीचे पड़ा था।

उसका झोंपड़ा छः फुट लम्बा और पांच फुट चौड़ा और चार फुट ऊंचा था। उसमें बहुत झुककर अन्दर जाना पड़ता था। मगर अन्दर जाने से पहले तुलसी ने मुझे तह करके अपनी चोली में छुपा लिया, फिर घुटनों तक झुककर वह अपने झोंपड़े में दाखिल हुई। उसी समय उसका घर वाला घड़े से निकालकर मिट्टी के कटोरे में पानी पी रहा था। एक कोने में तानी बुखार में फुंक रही थी।

तुलसी ने घबराकर अपनी बेटी के पिंडे को हाथ लगाया, फिर एकदम हाथ खींच लिया। तवे की तरह तप रही थी तानी, आंखें ऊपर को चढ़ गई थीं। घबराकर उसने अपने सीने पर दोहत्तड़ मारा और बोली—"ऐ! खाखरे, तीन दिन से शराब में धुत्त पड़े हो और लड़का का ये हाल हो गया। तुम्हें घर की फिकर क्यों नहीं होती?"

खाखरे ने मिट्टी का कटोरा घड़े पर उल्टा रख दिया, फिर घुटने के बल चलते हुए लड़की के पास आया। देर तक उसके सिर और पिंडे पर हाथ फेरता रहा। देर तक सोचता रहा। उसकी आंखें शर्म से झुक गईं। नर्मी से बोला—"ठेकेदार से जाकर 'अडवांस' मांगता हूं।"

"ठेकेदार से जाकर 'अडवांस' मांगता हूं!" तुलसी खाखरे को मुंह चिढ़ाते हुए गुस्से से बोली—"तीस रुपये पहले ही 'अडवांस' ले चुके हो, अब वो तुम्हें क्यों देगा? तुम यहीं बैठो, बच्ची को देखो, मैं कहीं से बन्दोबस्त करके दवा लाती हूं।"—इतना कहकर तुलसी ने तानी के बिस्तर के नीचे से दवा का नुस्खा निकाला। खाखरे ने तुलसी को शुबहे की नज़र से देखा। घुटनों से चलता-चलता तुलसी के पास पहुंचा और बोला—"बन्दोबस्त कर लिया है या करने जा रही हो? कहां से किया?"

तुलसी कुछ घबराकर बोली—"तीन घरों में झाड़-भारू का काम करती हूं, किसी न किसीके दिल में दया आ जाएगी। रो-पीटकर दस रुपये तो मिल ही जाएंगे।"

"मिल जाएंगे नहीं, तुम दस रुपये लेकर आई हो।" खाखरे ने उसकी आंखों में आंखें डालकर कहा। तुलसी की निगाहें नीची हो गईं। सहसा उसका हाथ उसकी चोली पर गया। उसी दम खाखरे का हाथ तुलसी के हाथ पर गया। तुलसी चीखी—"मुझे हाथ मत लगाओ।"

खाखरे को टोट लग रही थी। उसके गले में कांटे-से चुभ रहे थे। दो कटोरे पानी पीकर भी उसकी प्यास नहीं बुझी थी। लालसा-भरी आंखों में शराब की बोतल डोलने लगी। बड़ी मुश्किल से उसने अपने अन्दर की इच्छा को छिपाते हुए बड़ी नरमी से कहा—"रुपये मुझे दे दे, मैं तानी के लिए दवा लेकर आता हूं।"

"मेरे पास नहीं हैं, गंगा माई की कसम।"

"झूठ मत बोल, इधर निकाल पैसे।"

"नहीं, मैं नहीं दूंगी।"

"कैसे नहीं देगी?"

तुलसी ने अपने दोनों हाथ अपनी चोली पर रख लिए थे। खाखरे ने बड़ी कठोरता से तुलसी के दोनों हाथ झटक दिए, तुलसी ने फिर अपनी चोली से लगा लिए। वह ज़ोर-ज़ोर से हांफ रही थी। कभी किसी तरह ये दस रुपये नहीं देगी। तुलसी और खाखरे में लड़ाई होने लगी। सहसा तानी आंखें ख़ोलकर अपने मां-बाप को लड़ते हुए देखकर चीखने लगी। खाखरे एक वहशी जानवर की तरह तुलसी पर झपट पड़ा। तुलसी अपने शरीर का सारा ज़ोर लगाकर उससे लड़ रही थी। पर खाखरे ने उसकी चोली को फाड़ ही दिया। नंगी छाती में मुझे दबा हआ देखकर ख़ुशी की एक चीख़ खाखरे के मुंह से निकल गई। खुशी की यह चीख नंगी छातियों को देखकर नहीं निकली थी, उसके अन्दर दबे कागज़ के पुर्ज़े को देख-कर निकली थी। उसने झपट्टा मारकर मुझे वहां से उठा लिया और झोंपड़े से बाहर निकल गया।

झोंपड़े को फलांगता, दलदल पार करता, सड़क पर दौड़ता खाखरे गुस्से में भरा सोचने लगा—मुझे क्या समझती है तुलसी? मैं इतना नीच, निर्लज्ज और पापी हूं कि अपनी बेटी की दवा के पैसों से शराब पी जाऊंगा? मैं यहां से सीधा हरिदास केमिस्ट के

स्टोर में जाकर तानी के लिए दवा लूंगा। जितने की भी दवा आए, दस की आए कि पांच की आए, कि आठ की आए, मैं दवा लेकर और बाकी पैसे मुट्ठी में दाबके सीध घर जाऊंगा और तुलसी के मुंह पर मार दूंगा। ये औरतें समझती ही नहीं हैं कि मर्द क्यों पीते हैं! अरे हम कोई क्या मज़े की खातिर पीते हैं? दिन-भर बिल्डिंग में ईंट-पत्थर-गारा-चूना-सीमेंट ढोते-ढोते जब बदन का पलस्तर उखड़ने लगता है तो दो घूंट पीते हैं। दिन-भर की मेहनत से कड़-कड़ाने वाली हड्डियों को फिर से जोड़ने के लिए, बंद-बंद और जोड़-जोड़ में उभरने वाली थकन को दूर करने की खातिर। चन्द घण्टों के लिए अपनी काल-कोठरी में बेसुध होकर औंधे पड़ जाने की खातिर, केवल ज़िन्दा रहने के लिए—केवल दो रुपये रोज़ के लिए।

कुछ क्षणों के लिए खाखरे ढोंढू के जुआखाने के निकट से गुज़रता हुआ रुक गया। उसने निगाहें उठाकर जुआखाने के दीमक-खाए दरवाज़े की तरफ देखा, फिर आहिस्ता से अपने हाथ की मुट्ठी खोली। मुझे देखा, मुट्ठी और खोली। मुझे दोनों हाथों से पकड़कर मेरी तहों को खोला। मुझे उलट-पलटकर बड़े ध्यान से देखा। फिर मुस्कराकर और मुझे अपनी जेब में डालकर आगे चल दिया। नहीं—खाखरे ने अपने-आपसे कहा—मैं ढोंढू के जुआखाने में नहीं जाऊंगा। मैं सीधे हरिदास केमिस्ट की दुकान पर जाऊंगा और अपनी बेटी के लिए दवा लूंगा। तुलसी हैरान हो जाएगी मुझे दवा लाते देखकर। उसे विश्वास ही नहीं आएगा। वह समझती ही नहीं कि मैं भी एक इन्सान हूं। एक बाप हूं। दिल रखता हूं। मगर आज मैं इस हरामज़ादी को दिखा दूंगा, समझती क्या है मुझे? किस-किस तरह नाखूनों से मुंह नोचा है उसने। आज दवा लेकर जाऊंगा तो साली से समझूंगा। ऐसी कड़ाके की मार

दूंगा कि दस दिन तक बिस्तर से हिल नहीं सकेगी।

तुलसी को पीटने की स्वादिष्ट कल्पना से प्रभावित होकर वह ढोंढू के जुआखाने से बहुत आगे चला गया, फिर एक बार ठिठक-कर रुक गया।—आखिर दो घूंट पी लेने में हर्ज ही क्या है? दो बाज़ी खेल लेने में कितने पैसे खर्च हो जाएंगे? पांच रुपये की दवा लाऊंगा, पांच रुपये जुआखाने में खर्च कर दूंगा और तुलसी को पता भी नहीं चलेगा कि मैं दस रुपये की दवा लाया था या पांच रुपये की। ये औरतें बड़ी मूर्ख होती हैं।—मगर तानी? ऊंह। तानी बच जाएगी, क्या हुआ है उसे? बस बुखार ही तो है। पिछले साल उसे हैज़ा हुआ था तो वह बच गई थी। उससे पिछले साल उसे निमो-निया हुआ था, तब वह बच गई थी। उससे दो बरस पहले उसे चेचक निकली थी, तब वह बच गई थी। गरीबों के बच्चे इतनी आसानी से नहीं मरते, तानी ज़रूर बच जाएगी। पर नहीं, मुझे एकदम दवा लेकर वापस जाना चाहिए।—उसने एक कदम आगे बढ़ाया, फिर रुक गया। अच्छा पांच नहीं खर्च करूंगा, सिर्फ तीन रुपये खर्च करूंगा। दो रुपये की दारू पीऊंगा और एक रुपये का जुआ खेलूंगा। दस रुपये में सिर्फ तीन रुपये खर्च करूंगा। बहुत हुआ तो ऊपर से थैलामार्का बीड़ी का एक बंडल लूंगा। उसकी सूखी ज़ुबान पर शराब का कड़वा स्वाद उभरने लगा और उसके नथुनों में बीड़ी का धुआं चक्कर खाने लगा और उसके हाथों की अंगुलियां ताश के पत्तों को छूने के लिए उतावली होने लगीं। अब वह यूं आगे चल रहा था जैसे उसके थके हुए पैरों में लोहे की वज़नी बेड़ियां पड़ी हों। एकाएक वह चलते-चलते रुक गया। मुड़कर ढोंढू के जुआखाने की ओर देखने लगा। कुन्दरू और जुम्मा, उसके दो साथी हंसते, बोलते-चालते, जुआखाने में दाखिल हो रहे थे। दरवाज़ा खोल-कर वे उसकी नज़रों से ओझल हो गए। अब जुआखाने के अन्दर का

वातावरण खाखरे की आंखों में फिरने लगा। उसके साथी एक ही मेज़ पर बैठकर शराब की बोतल का आर्डर कर रहे थे। अब बोतल उनके सामने थी। ताश के पत्ते हवा में रंगीन धनुष की तरह बिखरने लगे। इसके आगे सोचना खाखरे के लिए मुश्किल हो गया। वह जल्दी-जल्दी चलता हुआ जुआखाने के अन्दर घुस गया। अब उसकी आंखों में जुआखाने का जाना-पहचाना माहौल था। दोस्तों के ठट्ठे, तेल में भुनी हुई मछली की बू, ताश के फिसलते हुए, लपकते हुए नरम-नरम पत्ते—यह दुनिया बाहर की दुनिया से कितनी अलग थी! जहां हर पल जानतोड़ मेहनत करनी पड़ती है फिर भी मिलते हैं केवल दो रुपये।

रात के बढ़ते हुए अंधेरे में तुलसी ने उसे जुआखाने में जा पकड़ा। जब वह खाखरे की कुर्सी के पीछे जा खड़ी हुई तो एकाएक जुआखाने में सन्नाटा छा गया। वह ऐसी चुप थी, ऐसी ठंडी और पत्थर सूरत लेकर आई थी कि उसे देखते ही सबकी आंखें झुक गईं। खाखरे के दोस्तों ने पत्ते फेंकना बन्द कर दिया।

"पत्ता चलो!" खाखरे ने शराब के गहरे नशे में बकारकर कुन्दरू से कहा। मगर फिर भी कुन्दरू ने पत्ता नहीं चला।

वह खाखरे के बिल्कुल पीछे देख रहा था तो खाखरे भी उसकी निगाह का पीछा करते हुए अपनी कुर्सी पर बैठा-बैठा मुड़ गया। उसे तुलसी नज़र आ गई।

"यहां क्यों आई है? घर जा—"खाखरे ने एकदम गुस्से में भड़ककर अपने दोनों हाथ झुलाते हुए तुलसी से कहा। हाथ झुलाते ही नशे में वह लुढ़ककर कुर्सी से नीचे गिर गया। किसीने उसे उठाने की कोशिश नहीं की। तुलसी ने भी वहां खड़े-खड़े बड़े ठण्डे स्वर में कहा—"घर चलो, तानी मर गई है।"

खाखरे का गिरा हुआ सिर फर्श से ऊपर उठा। उसकी फटी-फटी आंखें तुलसी की तरफ देख रही थीं—"क्या बकती है तू?"

"सिर्फ यह कह रही हूं कि तानी मर गई है। उठो, अब घर चलो।"

खाखरे ने उठने की कोशिश की। उसके दोनों हाथों ने कुर्सी के दोनों पायों को जकड़ लिया था। वह उस कुर्सी के पाये के सहारे उठने की कोशिश कर रहा था कि फिर गिर गया। लेटे-लेटे उसने कुर्सी के पाये को दोनों हाथों से जकड़कर अपने सीने से लगा लिया और फूट-फूटकर रोने लगा।

"नहीं, तू झूठ बोलती है। तानी नहीं मर सकती। मेरी तानी नहीं मर सकती।"

जुम्मा और कुन्दरू उसे सहारा देकर उठाने लगे। अब वह फर्श पर खड़ा लड़खड़ा रहा था। फिर तुलसी ने आगे बढ़कर उसे सहारा दिया। उसे जुआखाने से बाहर दरवाज़े की ओर ले जाने लगी कि जुआखाने का मालिक ढोंढू आगे बढ़ा और बोला—"साढ़े बारह रुपये देते जाओ।" फिर उसने खाखरे के जवाब की प्रतीक्षा किए बगैर खाखरे की जेब टटोली और मुझे बाहर निकाल लिया। मुझे देख-कर और पहचानकर बोला—"हां, ये दस रुपये तो हैं, बाकी ढाई रुपये कर्ज़ा रहा।"

तुलसी कोई जवाब दिए बगैर सिसकते हुए खाखरे को जुआ-खाने से बाहर ले गई।

ढोंढू मुझे हाथ में लिए देर तक दरवाज़े में खड़ा रहा। खाखरे एक बच्चे की तरह सिर झुकाए तुलसी के साथ अपने घर जा रहा था और मैं एक पापी की तरह ढोंढू के हाथों में कांप रहा था। जब ढोंढू दरवाज़े से लौटकर अन्दर आया तो वे सब उसकी तरफ मौन निगाहों से देख रहे थे। साहसा ढोंढू क्रोध में भरकर बोला—"तो मैं

क्या करूं? किस-किसपर तरस खाऊं, यहां सब गरीब हैं।"—वह गुस्से से चारों तरफ देखता हुआ सवाल करने लगा। फिर भी जब कोई नहीं बोला तो आप ही आप बोल पड़ा—"मेरी मुसीबत कोई नहीं जानता। कैसे-कैसे जतन करके यह ठर्रा लाता हूं और पुलिस वालों, कस्टम वालों और कार्पोरेशन वालों को रकम देकर जुआ खिलाता हूं! मेरे पास बचता ही क्या है! मैं तरस नहीं खा सकता।" इतना कहकर ढोंढू ने काउंटर का दराज खोलकर मुझे अन्दर डाल दिया। इतने में एक लड़का हाथ में थैला लेकर आया और काउंटर पर झुककर कानाफूसी करने लगा।

"सेठ ने स्कॉच व्हिस्की की एक बोतल मांगी है।"

"एक सौ अस्सी रुपये होंगे।"—ढोंढू ने उसके कान में कहा।

लड़के ने सौ-सौ के दो नोट ढोंढू के सामने रखे। ढोंढू ने जल्दी से उनपर हाथ रख दिया और लड़के को इशारा करके दूसरे कमरे में ले गया। ब्लैक डॉग की एक बोतल निकालकर लड़के को दी। लड़के ने बोतल थैले में छिपा ली। वापस आकर ढोंढू ने काउंटर की दराज खोलकर मुझे निकाला। दस का एक और नोट निकाला। बीस के दो नोट लेकर लड़का थैला उठाए बाहर चला गया। सेठ गोकुलदास के घर में दाखिल हुआ।

दूसरे दिन सेठ गोकुलदास ने कोई ग्यारह बजे बाद बिस्तर से उठ, रात का 'हैंगोवर' दूर करने के लिए हाथ नीचे करके पलंग के नीचे रखी ब्लैक डॉग की बोतल में बची-खुची व्हिस्की एक गिलास में उड़ेल ली। सिगरेट के एक पैकेट की तरफ हाथ बढ़ाया, मगर पैकेट खाली था। फिर उसने पलंग से लगे हुए बिजली के बटन को दबाया, वही कल रात वाला नौकर सुबह का अखबार लेकर अन्दर आया। सेठ ने अपना बटुआ खोला जहां मैं दूसरे नोटों के साथ पड़ा सोता था। सेठ ने मुझे हाथ लगाया। फिर पांच के नोट

को हाथ लगाया। फिर दो रुपये का एक नोट निकालकर नौकर को देकर बोला—"जाओ एक पैकेट गोल्ड फ्लेक लेकर आओ।"

लड़का दो रुपये का नोट लेकर चला गया। बटुआ सेठ की गोद में खुला पड़ा था। सेठ ने व्हिस्की का एक घूंट पीते हुए अखबार खोला। पहले ही पृष्ठ पर सेठ गोकुलदास की तस्वीर थी, क्योंकि उसने कल ही एक लाख रुपये का चन्दा 'नेशनल डिफेंस फण्ड' में दिया था। तानी के मरने की कोई खबर नहीं थी।

दो

इस घटना के पश्चात् तीन दिन तक मैं सेठ गोकुलदास की जेब में रहा। उसके बटुए में मेरे साथ रहने वाले भांति-भांति के नोट थे। एक रुपये के नोट, पांच रुपये के नोट, दस रुपये के नोट, हज़ार रुपये के नोट। सेठ का बटुआ हर वक्त नोटों से भरा रहता था। यह भी नहीं कि उस बटुए को खोलने का समय न आया हो, अगले तीन दिन में कई बार वह बटुआ खुला और बन्द हुआ। कई बार उसमें से दस के, सौ के और हज़ार के नोट निकले और उनकी जगह दूसरे नोट आ गए। हम नोटों की ज़िन्दगी में यही होता आया है। अमर जीवन किसीको नहीं मिलता। हर बटुआ सराये-फानी है।

तीन दिन तक बड़े मज़े किए। सेठ का बटुआ उम्दा मराको चमड़े का था जिसके अन्दर महीन रेशम का अस्तर था। उस नर्म और गुदगुदे रेशमी बिछोने पर हम तीन दिन तक आराम से लेटे रहे, लगता था जैसे ताजमहल होटल में कमरा बुक किया हो। दस, पांच,

दो और एक के नोटों से बहुत जल्दी दोस्ती हो गई, क्योंकि हम लोगों के विचार और वातावरण एक-से थे। ज़िन्दगी लगभग एक-सी थी, इललिए हम लोग बहुत जल्दी एक-दूसरे से घुल-मिलकर गडमड हो गए। पर सौ के नोट अपनी पंक्तियां अलग जमाए बैठे रहे। हम करेंसी नोटों में ऊंच-नीच की भावना बहुत है। दस का नोट अपने-आपको दो के नोट से ऊंचा समझता है और हज़ार वाला नोट आंख उठाकर दस के नोट की तरफ देखना भी नहीं चाहता। नोटों के जीवन में असमानता अधिक है। हर नोट की 'क्लास' अलग है। पांच के नोट से दस का मूल्य ज़्यादा होता है इसलिए दस के नोट का दर्जा भी ज़्यादा होता है इसलिए उसका आकार भी बड़ा होता है। दस से सौ का आकार बड़ा होता है और हज़ार का नोट तो इतना खरा होता है कि उसकी सात पुश्तों पर कोई हरफ नहीं रख सकता। बढ़िया कागज़, सुन्दर छपाई, साज-सज्जा 'ए-वन'। इसे बहुत कम हाथों से छुआ जाता है और जब छुआ जाता है तो ऐसे संभालकर और डरते-डरते जैसे कोई नोट न हो आसमान से उतरा हुआ पवित्र ग्रन्थ हो। मैंने उन तीन दिनों में अपने भाई-बन्दों को बहुत समझाया। उनको बताया कि हममें से कोई आस-मान से नहीं उतरा है, हम सब लोग एक ही कागज़ से बने हैं और नासिक के एक ही प्रेस में छापे गए हैं। हमारा आदि एक और अन्त भी एक है। यानी सभी को खर्च होना है, चाहे वह एक का नोट हो या एक हज़ार का। मगर मेरी आवाज़ को कागज़ के एक तुच्छ टुकड़े की खड़खड़ाहट से अधिक कोई महत्त्व नहीं दिया गया। इस-लिए मैं चुप हो गया।

तीन दिन के बाद गणेशचतुर्थी थी, सुबह सवेरे सेठ ने बहुत उम्दा स्नान किया। एक कोरी-चिट्टी धोती पहनी। रेशमी कुर्ता पहना जिसमें सोने के बटन लगे हुए थे। माथे पर चन्दन का टीका

लगाया। कानों में हीरे के बुंदे पहने और बहुत-से नोटों से अपने बटुए को भर लिया।

इसके बाद सेठ ने अपनी केडीलेक में तरह-तरह की डालियां रखीं। दो नौकर और एक मुनीम को साथ में लिया और सुबह के आठ बजे ही घर से निकल गया। साढ़े आठ बजे के करीब गाफ रोड की एक बड़ी कोठी के दरवाज़े पर सेठ ने अलख जगाई।

एक नौकर बाहर आया। सेठ ने पहले ही से टेलीफोन कर रखा था और नौकर भी उसे पहले ही से जानता था, क्योंकि वह उसे देखते ही उसका नाम पूछे बिना अन्दर लौट गया। थोड़े अरसे के बाद फिर आया और सेठ गोकुलदास को इशारे से बुलाकर अन्दर ले गया। ड्राइंगरूम में एक ज़हीन चेहरे वाला छोटे कद का आदमी बैठा था। सूरत-शक्ल से दो रुपये का नोट मालूम पड़ता था। पर उसके माथे पर भी चन्दन का टीका लगा हुआ था क्योंकि आज गणेशचतुर्थी का शुभ दिन था। दोनों ने एक-दूसरे को बधाई दी, एक-दूसरे से हाथ मिलाया, ठंडा शर्बत पिया और फिर सेठ ने इधर-उधर देखकर उस छोटे कद वाले आदमी से कहा—"मुझे बड़े ज़ोर का पेशाब लगा है।" छोटे कद वाला आदमी मुस्कराकर अपनी कुर्सी से उठा और सेठ को टायलेट का कमरा दिखाने चला। टायलेट का कमरा दिखाकर वह वापस होने वाला था कि सेठ ने लेवेटोरी का दरवाज़ा अन्दर से बन्द कर दिया, और छोटे कद वाले आदमी के पांव पर गिर पड़ा। उसके चरण छूकर सेठ ने अपने बटुए को छुआ और उसमें से पचास हज़ार के नोट निकालकर उस छोटे कद वाले आदमी के हाथ में ज़बर्दस्ती थमा दिए और फिर उसके पांव छूकर कहा—"सुब्रह्मण्यम् साहब, मेरी फाइल पर हस्ताक्षर कर दीजिए, नहीं तो मैं बर्बाद हो जाऊंगा।" सुब्रह्मण्यम् ने आश्वासन-भरे स्वर में कहा—"आपने बेकार में तकलीफ की, मैं तो रिश्वत किसी से लेता

ही नहीं, यह मेरा सिद्धान्त है।"

सेठ बोला—"मैं भी रिश्वत किसी को नहीं देता, मेरा भी यही सिद्धान्त है। पर यह तो रिश्वत नहीं है, सुब्रह्मण्यम् साहब, यह तो गणेशचतुर्थी के त्यौहार की मिठाई है।"

"मिठाई है तो ठीक है।"

सुब्रह्मण्यम् ने पचास हज़ार के नोट अपनी जेब में रखे और कहा—"पर आगे के लिए भी सावधान रहना। रिश्वत मैं कभी नहीं लूंगा, वैसे आपका केस बहुत मज़बूत है। कल रात मैं आपकी फाइल दफ्तर से घर लेता आया था। अभी आपके सामने हस्ताक्षर कर देता हूं। इसको लेकर तुरन्त मेरे डिप्टी के पास चले जाओ। वह आर्डर जारी कर देगा, ठेका आपको मिल जाएगा।"

गाफ रोड से सेठ गोकुलदास चेतन रोड गया। वहां भी घंटी बजाई, वहां भी नौकर बाहर आया और नाम पूछे बिना अन्दर लौट गया, क्योंकि सुब्रह्मण्यम् ने डिप्टी साहब को फोन कर दिया था। वहां भी सेठ को बड़े ज़ोर का पेशाब लगा, वहां भी उसी तरह लेवेटोरी में बातें हुईं। उसी तरह डिप्टी ने सात हज़ार की रिश्वत लेने से साफ इन्कार कर दिया। आखिर जब सेठ ने समझाया कि यह रिश्वत नहीं है केवल गणेशचतुर्थी की मिठाई है तो कहीं जाकर वह माना और उसने फाइल पर आर्डर लिखकर सेठ को सावधान कर दिया कि वह फौरन सेक्शन आफिसर की कोठी पर जाकर इस आर्डर पर दूसरे आर्डर हासिल कर ले, मैं उसको टेलीफोन किए देता हूं।

जब सेठ तीसरे बंगले अर्थात् तीसरी लेवेटोरी से बाहर निकला तो बहुत खुश था। उसका बटुआ करीब-करीब खाली हो चुका था। मगर वह बहुत खुश था। सेक्शन आफिसर के बंगले से निकलते ही उसने अपने ड्राइवर से कहा—"अब सीधे गणेश जी के मन्दिर चलो।"

आज मन्दिर में बहुत भीड़ थी। हर प्राणी अपनी हैसियत के मुताबिक गणेशजी से सौदा करने आया था और उसी हिसाब से मन्दिर में अपनी जगह पर खड़ा था। क्योंकि शहर में यह गणेशजी का सबसे बड़ा मन्दिर है।

इस मन्दिर में जो गणेशजी की मूर्ति स्थापित है वह खरे सोने की है और हीरे-पन्ने से सजी है। यूं तो हर रोज़ भक्तों को मन्दिर के भीतरी द्वार तक आने की आज्ञा थी लेकिन आज गणेशचतुर्थी के शुभ अवसर पर बहुत भीड़ होने के कारण भक्तों के दर्जे तय कर दिए जाते हैं, सिनेमा की तरह। मन्दिर के भीतरी द्वार तक वही भक्त आ सकते हैं जो दस रुपये का नकद चढ़ावा चढ़ा सकते हैं। उनके पीछे पांच रुपये वाले, उनसे दूर दो रुपये वाले, सबसे आखिर में एक रुपये वाले थे। मन्दिर क्या है मानो सेठ का बटुआ है जिसमें स्त्री-पुरुष कागज़ के नोटों की तरह अपनी-अपनी कीमत के हिसाब से खड़े हैं। मन्दिर के आंगन से बाहर उन लोगों का बहुत बड़ा जमघटा था जो सिर्फ फल और फूल लेकर आए थे—टटपूंजिए।

सेठ गोकुलदास ने बटुआ खोलकर अन्दर देखा, जहां पांच, दो और एक के कुछ नोट थे। बाकी सब नोट खत्म हो चुके थे। दस का नोट भी केवल मैं ही एक बाकी रह गया था। सेठ ने मुझे बटुए से निकाला और द्वार के अन्दर गणेश-स्तुति बांचते हुए पुजारी के हाथ में दे दिया। फिर दोनों हाथ जोड़कर गणेशजी की स्वर्णमूर्ति को नमस्कार किया और चला गया।

पुजारी ने मुझे गणेशजी के चरणों में गिरा दिया जहां मुझसे पहले ही नोटों का एक अम्बार लगा था। पुजारी बराबर स्तुति किए जाता था, दो और पुजारी थे जो बारी-बारी घंटे बजाते थे। एक कोने में दो और पुजारी बैठे हुए माला जप रहे थे। उनमें से एक पुजारी का यह काम था कि वह माला जपते-जपते ही चढ़ावे में चढ़ने वाले

एक, दो और पांच के नोटों की गिनती करता जाए। दूसरे के सुपुर्द दस के नोटों की गिनती थी।

एक के नोट पर माला का एक मनका घूमता था—श्री गणेशाय नमः।

दो के नोट पर दो मनके और पांच के नोट पर पांच मनके जल्दी-जल्दी घूम जाते थे। इससे चढ़ावे का हिसाब भी होता रहता है और देवता की पूजा भी होती रहती है।

इस मन्दिर के महन्त का नाम मंगलदेव था और इस मन्दिर की महन्ताई सात पुश्तों से उसके खानदान में चली आ रही थी। वह मलाबार हिल पर रहता था और कभी-कभार ही मन्दिर में आकर अपने भक्तों को दर्शन देता था। इस काम के लिए उसने चार पुजारी पगार पर रखे हुए थे। हरेक को हर महीने दौ सौ रुपया मिलता था, दो पुजारी माला जपकर हिसाब करने वाले थे, उन्हें ढ़ाई सौ रुपया मिलता था क्योंकि उनका काम भी टेढ़ा था। इन चारों से ऊपर महन्त का एक खास आदमी था। वह साढ़े तीन सौ पगार पाता था। इसके अलावा महन्तजी ने अपनी मलाबार हिल की कोठी में दो कमरे दे रखे थे। रात को चढ़ावा समेटकर वहीं ले जाया जाता था।

आज ग्यारह हज़ार रुपये का चढ़ावा आया था। साढ़े आठ बजे रविशंकर ने लोहे का वह दरवाज़ा बन्द किया जिसके अन्दर गणेशजी की स्वर्णमूर्ति थी। उसे ताला लगाया, पुजारियों को बाहर आंगन की कोठरियों में जाने की आज्ञा दी। लोहे के दरवाज़े का 'इलेक्ट्रिक अलार्म' ऑन किया। अब रात को कोई चोर तो क्या कोई पुजारी भी मन्दिर के इस द्वार को हाथ नहीं लगा सकता था। हाथ लगाते ही मर जाएगा और अलार्म भी फौरन बजना शुरू हो जाएगा। फिर मन्दिर के आंगन में तीन चौकीदार भी रहते थे, जो

रोज़ रात को पहरा देते थे।

रविशंकर नकदी, नोट और ज़ेवर समेटकर महन्त की गाड़ी में बैठकर कोई नौ बजे के करीब मलाबार हिल पर पहुंचा। वहां पर मंगलदेव बड़ी बेचैनी से उसकी राह ताक रहा था क्योंकि शीघ्र ही कहीं और जाना था।

रविशंकर ने जब सब हिसाब-किताब चढ़ावे समेत महन्तजी के चरणों में रख दिया तो महन्तजी एकदम क्रोध में आ गए, बोले—"अरे रविशंकर! पिछले साल तो पन्द्रह हज़ार का चढ़ावा चढ़ा था। इस साल ग्यारह हज़ार कैसे हो गया? एकदम इतना फॉल, डैमिट। हाऊ इज़ इट पासिबल?

महन्त मंगलदेव कान्वेंट का पढ़ा हुआ था और बहुत अच्छी अंग्रेज़ी जानता था। और इस वक्त क्रोध में आप ही आप अंग्रेज़ी भाषा के बहुत-से सुन्दर वाक्य उसके मुंह से निकल पड़े।

रविशंकर ने ठंडी सांस लेकर कहा—"अब तो घोर कलियुग है महंतजी, धर्म नष्ट हो रहा है।"

"कलियुग पिछले साल नहीं था क्या?"—महंत मंगलदेव क्रोघ से पैर पटककर बोला—"इतना 'सडेन फॉल' कैसे आ गया? 'इट इज इनकाम्प्रेहेंसिबल'। मेरा मन्दिर शहर में गणेशजी का 'बेस्ट' मन्दिर है। शहर के बीचोबीच है। मूर्ति भी खरे सोने की है। अरे, रविशंकर, अगर मन्दिर का चढ़ावा इसी तरह कम होने लगा तो अपना तो सारा बिज़नेस चौपट हो जाएगा।"

जब महन्त मंगलदेव कुछ ढीला पड़ा तो रविशंकर ने हाथ जोड़-कर कहा—"गुरुदेव! आजकल महंगाई का ज़माना है। जो सेठ सौ रुपये का चढ़ावा चढ़ाता था, आजकल दस रुपये पर ही टरका देता है और दस रुपये वाला जल्दी से दो रुपये देकर भाग जाता है और एक रुपये वाला जल्दी से दो पुष्प चढ़ाकर अपनी श्रद्धा की पूर्ति कब

लेता है। इस महंगाई के ज़माने में इतना भी जो हो गया सो बहुत है मालिक।"

मंगलदेव कुछ कहने ही वाला था कि टेलीफोन की घंटी बजे उठी। टेलीफोन उठाकर उसने बात की तो उसका चेहरा खुशी से खिल उठा।

"अभी आता हूं" कहकर उसने टेलीफोन का चोंगा नीचे रख दिया। फिर चढ़ावे में से कुछ सौ के और कुछ दस के नोट निकाल-कर अपनी जेब में रखे। मैं भी उसकी जेब में चला गया। फिर मंगलदेव ने चाबियों का एक गुच्छा जेब से निकालकर बाकी चढ़ाये को एक तिजोरी में बन्द कर दिया, और अपनी गाड़ी मंगाने का हुक्म दिया।

भक्तों में यह मशहूर था कि गणेशचतुर्थी के दिन महन्तजी दिन-भर घर में व्रत रखते हैं और मौन रहकर गणेशजी की पूजा करते हैं, और जब रात हो जाती है तो समुद्र के किसी अकेले किनारे पर चले जाते हैं और रेत पर समाधि लगाकर रात-भर अपने इष्टदेव की स्तुति करते हैं। मंगलदेव का चेहरा गोल, रंग गोरा, आंखें बड़ी-बड़ी और आवाज़ बेहद रसीली थी। वह बड़े सुन्दर स्वर में भजन गाता था और साल में सात-दस दिन के लिए टाउन हाल में गणेश-महिमा पर अंग्रेज़ी भाषा में बड़े ज़ोरदार लेक्चर देता था।

जब गाड़ी पोर्च में आ गई तो उसने उठकर अपनी रेशमी धोती की सिलवटों को ठीक किया। इतने में उसकी बीवी भी अन्दर आ गई और उसके पांव छूने लगी, क्योंकि वह केवल उसका पति ही नहीं था, धर्मगुरु भी था जो इस समय रात के सन्नाटे में समुद्र के तट पर सारी रात समाधि लगाने जा रहा था। मंगलदेव ने बड़ी गम्भीरता से अपनी पत्नी के सिर पर हाथ रखा और फिर बाहर पोर्च में आकर गाड़ी में बैठ गया। यह एक पुरानी काले रंग की

एम्बेसेडर थी।

कार्निक रोड के पेट्रोल पम्प के निकट नाके पर उसकी एम्बेसे-डर रुक गई। महन्त मंगलदेव उसमें से निकला और एम्बेसेडर के आगे खड़ी हुई एक पुरानी ओल्ड्समोबील में बैठ गया। उसके बैठते ही वह पुरानी गाड़ी चल पड़ी और पहली गाड़ी वापस हो गई।

पैरामाउण्ट हिल पर जाकर वह गाड़ी रुक गई। यहां एक शान-दार इम्पाला उसका इन्तज़ार कर रही थी। इस इम्पाला के अन्दर सब्ज़ रंग के परदे खिंचे हुए थे। महन्त मंगलदेव ओल्ड्समोबील से निकला और इम्पाला में सवार हो गया। ओल्ड्समोबील वापस गई और जब नज़रों से ओझल हो गई तो उसने इम्पाला के ड्राइवर को गाड़ी आगे बढ़ाने का इशारा किया। उन्हें पैरामाउण्ट हिल पाइण्ट से कहीं बहुत दूर नहीं जाना था। फिर भी वह इधर-उधर चक्कर काटते रहे और ऊपर-नीचे सड़क पर जाते रहे। आखिर जब महन्त मंगलदेव ने अन्दाज़ा लगाया कि दस बज रहे हैं और कोई उसका पीछा नहीं कर रहा है तो उसने धीमे स्वर में ड्राइवर से कहा—"अब चलो।"

गाड़ी घूमकर 'टिफानीज़ बिल्डिंग' के पिछवाड़े में आ गई। ड्राइवर ने सावधान होकर चारों ओर देखकर इम्पाला का पट खोला। महन्त को बाहर आने का इशारा किया और उसे पिछली लिफ्ट की तरफ ले गया। लिफ्ट के दोनों दरवाज़े बन्द किए और उस समय तक बाहर खड़ा रहा जब तक महन्त मंगलदेव लिफ्ट से ऊपर नहीं चला गया।

सातवें माले पर पहुंचकर लिफ्ट रुक गई। मंगलदेव बाहर निकला। महोगनी के एक शानदार दरबाज़े पर खड़े होकर उसने घण्टी बजाई। अन्दर के 'व्यू फाइण्डर' सेकि सीने उसे बाहर खड़े हुए देखा और जब अच्छी तरह से पहचान लिया तो दरवाज़ा खोला।

"हैलो मंगलू!"

"हैलो सूज़ी!"

यह सूज़ी का प्राइवेट होटल था, या क्लब था। कुछ भी कहिए, सिर्फ पचीस सूइट थे दो कमरों के। और ये पचीस सूइट पिछले दस बरस से हमेशा बुक रहते थे। बड़े-बड़े लखपती, धनवान, ठेकेदार और बिज़नेसमैन ही सूज़ी के होटल के ग्राहक थे। वही जानी-पहचानी सूरतें, बरसों की आशना और एक-दूसरे के गुनाहों से वाकिफ। सूज़ी का होटल एक ऐसा बन्द दरवाज़ों वाला क्लब था जहां इस बड़े और अमीर शहर के कुछ प्रतिष्ठित शहरी ही जा सकते थे।

सूज़ी ने पूछा—"हाउ इज़ बिज़नेस?"

मंगलदेव ने जवाब दिया—"डल ऐज़ यूज़ुअल!"

"आज ऐसा माल मंगवाया है तुम्हारे लिए, 'यू विल फारगेट योर ब्लूज'—सूज़ी खुशी से हंसी। मंगलदेव की आंखों में खुशी की गहरी चमक पैदा हुई। उसे मालूम था सूज़ी कभी झूठ नहीं बोलती। सूज़ी उसे उसके सूइट में ले गई जिसे दस साल से मंगलदेव ने किराये पर ले रखा था। एक दिन के लिए भी नहीं छोड़ा था।

सूइट में जो लड़की बैठी थी उसे देखते ही मंगलदेव के मुंह से राल टपकने लगी। भारी सीना, पतली कमर, भारी कूल्हे, चम्पई रंग, लम्बा शहज़ादियों का सा कद, गहरी नशीली आंखें—ऐसा लगता था जैसे सूजी किसी सुन्दर देवदासी की मूर्ति को एलोरा से उठाकर ले आई है और उसे साड़ी पहनाकर सूइट में बिठा दिया है।

"क्यों?"—सूज़ी का चेहरा मंगलदेव की तरफ देखते हुए खुशी से चमक रहा था।

मंगलदेव ने धीमे स्वर में कहा— "बिलकुल शहज़ादी लगती है।"

सूज़ी बोली—"इसका नाम भी हशज़ादी है।

"इसकी मां बंजूरा के राजा के यहां थी। राजा के महलों में

इसका जन्म हुआ। शहज़ादियों की तरह पली-बढ़ी। भरत नाट्यम् नाचने में इसका जवाब नहीं है।" शहज़ादी ने जो साड़ी पहन रखी थी उसपर कपड़ा तो कहीं-कहीं नज़र आता था वरना सारी साड़ी सोने के सच्चे गोटे की झालरदार लहरियों से जगमगा रही थी। हाथों में हीरे के जयपुरी कड़े, कानों में झमझमाते कर्णफूल, गले में पुखराज का गुलूबन्द। कहीं पर नज़र नहीं ठहरती थी। मंगलदेव का दिल ज़ोर-ज़ोर से धड़कने लगा। ये उजली त्वचा, ये सांचे में ढला बदन, मंगलदेव उसे हाथ लगाने में भी डर रहा था। कहीं हाथ लगते ही यह लुप्त तो नहीं हो जाएगी। शहज़ादी उसकी तरफ देखकर ज़रा-सी मुस्कराई। औरत की पहली मुस्कान ऐसी ही होती है—मंगलदेव ने सोचा, एक छोटे-से पंग से मिलती-जुलती। वह शहज़ादी के निकट लेकिन थोड़ा-सा फासला रखकर बैठ गया और व्हिस्की की बोतल खोलने लगा।

चौथे पैग में वह उसके सामने नाच रही थी और वह उसके बदन के लचकीले खम देख-देखकर नशे की वादी में उतरता जा रहा था कि इतने में दरवाज़े पर हलका-सा खटका हुआ। मंगलदेव ने उठकर दरवाज़े खोला।

दरवाज़े पर उसका दोस्त रिफत हुसेन, सैयद रिफत हुसेन रक्सबन्दी, अपनी छोटी-सी खिचड़ी दाढ़ी खुजाता हुआ उसकी तरफ देखकर मुस्करा रहा था। उसके साथ भी एक सुन्दर युवती थी। शक्लो-सूरत से वह बंगालिन मालूम होती थी, बाल कमर तक बिखराए हुए, फूल सजाए हुए, पांव में आलता की लाली, आंखों में काव्य की पीड़ा लिए हुए, जैसे वे आंखें अभी रो देंगी।

रिफत हुसेन ने कहा—"यह सुधा है, क्या हम अन्दर आ सकते हैं?"

"आओ, आओ रिफी!" मंगलदेव ने सुधा की तरफ देखते हुए

रिफत हुसन से कहा।

"एक बहुत बड़ी खुशखबरी लाया हूं"—रिफत हुसेन चहककर बोला—"मैंने सुप्रीम कोर्ट से मुकदमा जीत लिया है।" यह समाचार सुनकर मंगलदेव ने अपने दोनों हाथ फैला दिए। दोनों मित्र गले मिलने लगे।

जब पाकिस्तान बना तो मंगू बाबा के मशहूर मज़ार का मुज़ावर फिसादों से डरकर पाकिस्तान चला गया, जहां उसने मंगू बाबा के बड़े भाई लंगू साई के मज़ार पर अपना अधिकार जमा लिया। उसके जाते ही सैयद रिफत हुसेन रक्सबन्दी ने जिसका असली नाम शकूरा था और इलाके का मशहूर गुण्डा था, और जो जात का हज्जाम था, अपने आठ-दस साथियों की मदद से मंगू बाबा के मज़ार पर कब्ज़ा कर लिया। इसपर असली मुज़ावर के दूर-पार के रिश्तेदारों ने, जो भारत में रह गए थे, कोर्ट का दरवाज़ा खटखटाया। सात वर्ष तक मुकदमा चलता रहा। मामला सुप्रीम कोर्ट तक गया। आखिर फैसला शकूरा के हक में हुआ यानी सैयद रिफत हुसेन रक्सबन्दी के हक में, जो इस समय सुधा बंगालिन को बगल में दाबे मंगनदेव के सामने खड़ा मुस्करा रहा था।

"इट इज़ ए गला डे देन"—मंगलदेव खुशी से बार-बार हाथ हिलाते हुए अपने मित्र से कहने लगा—"आओ बैठो। आज दोनों मिलकर इसे 'सिलेबरेट' करेंगे।"—कोई बारह बजे के करीब दोनों नशे में इतने धुत हो चुके थे कि देश की बड़ी-बड़ी समस्याओं को हल करने पर तैयार हो गए थे। बातचीत बड़े ऊंचे स्तर पर हो रही थी।

"मैं कहता हूं हिन्दू और मुसलमान में क्या फर्क है?"—मंगलदेव ने रिफत हुसेन को चुटकी लेकर कहा।

"हां! यही तो मैं भी कहता हूं।"—रिफत हुसेन मंगलदेव

को बड़ी गम्भीरता से समझाने लगा।

"यह सारा झगड़ा एकदम गलत है। तुम खुद सोचो, सुआ और शहज़ादी में क्या फर्क है?"

"कोई फर्क नहीं!"—मंगलदेव बोला।

"रिफत हुसेन और मंगलदेव में क्या फर्क है?"—रिफत हुसेन ने फिर पूछा।

"कोई फर्क नहीं।" मंगलदेव ने ज़ोर से सिर हिलाकर कहा, फिर स्वयं बोल पड़ा—"मन्दिर और मज़ार में क्या फर्क है?"

"दोनों खुदा के घर हैं—"रिफी ने शराब का आखिरी घूंट पीकर जाम खाली कर दिया और सुधा की कमर में हाथ डालकर बोला—"आओ डारलिंग, चलें—इनको आराम करने दो।"

कोई चार बजे के करीब मंगलदेव अपने बिस्तर से उठा। बगल में सोती हुई शहज़ादी को जगाया। अपना बटुआ उसके हाथों में देकर बोला—"इसमें जो है, सब निकाल लो। दस का एक नोट रहने दो।"

शहज़ादी ने लेटे-लेटे ही बटुआ खोलकर अपने सीने पर उल्टा कर दिया। बहुत-से नोट निकले। वे सब उसने गिनकर समेट लिए। फिर मुझे उठाकर बड़ी अदा से मंगलदेव को दिखाकर वापस बटुए में डाल दिया और बटुआ मंगलदेव की तरफ बढ़ा दिया।

"तुम आराम से सोती रहो। जब जी चाहे जाना।"—मंगलदेव ने शहज़ादी से कहा—"सूज़ी को तुम्हारा पता तो मालूम होगा?"

शहज़ादी ने नींद-भरी निगाहों से उस चन्दन की मूर्ति को देखा, जिसका नाम मंगलदेव था। वह आहिस्ता से हंसी। हंसकर बड़ी अदा से उसने हां में सिर हिला दिया।

"अच्छा मैं जाता हूं, एक आखिरी प्यार—" मंगलदेव उसपर

झुक गया।

शहज़ादी ने अपनी दोनों बांहें उसके गले में डाल दीं।

चार बजकर पन्द्रह मिनट पर मंगलदेव पिछली लिफ्ट से नीचे उतरा। बाहर इम्पाला खड़ी थी। पैरामाउण्ट हिल पाइण्ट पर पहुंचा, वहां ओल्ड्समोबील खड़ी थी। उसमें बैठकर वह रविशंकर की बताई हुई जगह पर पहुंचा। अकेला तट, काली काली चट्टानें और कदमों में चांदी की झालरें कतरता हुआ नीला समुद्र।

मंगलदेव एक बड़े पत्थर पर समाधि लगाकर बैठ गया और शहज़ादी के रुपहले ददन के ध्यान में खो गया। भोर के ताज़ा झोंके शहज़ादी की नाज़ुक अंगुलियों के रेशमी स्पर्श की तरह उसके शरीर को गुदगुदाते जाते थे और समुद्र की लहरों में भी गोया शहज़ादी का नृत्य था।

—हरि ओम्। हरि ओम्।

भोर चटखने लगी। क्षितिज के खाली जाम में रोशनी के पहले पेग का सुनहरा रंग झिलमिलाने लगा। दूर खड़े नारियल के हरे छतनारों में सुरीले पंछियों के पहले स्वर शहज़ादी की रुपहली हंसी की तरह खनकने लगे। काली चट्टानों के परे बल खाती सड़क नीली होती गई और उनपर आने वाले दर्शनार्थियों के ढोल-तासों के स्वर गूंजने लगे। नर-नारी, बच्चे-बूढ़े पूजा का सामान लिए रात-भर से समाधि लगाए महन्त मंगलदेव को जगाने के लिए दूर-दूर से आ रहे थे। 'हरि-कीर्तन' की स्वर-लहरी निकट आने लगी। फिर चार घोड़ों की चांदी की पालकी का छत्र और कलश दूर से चमकने लगा।

एक पल के लिए, हौले से मंगलदेव ने हिले-डुले बिना अपनी आंखें ज़रा-सी खोलकर आने वाली भीड़ को देखा। फिर आंखें बन्द करके गहरे ध्यान में डूब गया। सैकड़ों लोग थे, हज़ारों लोग, भजन

गाते हुए भक्ति के नशे में चूर सच्चे लोग, भोले लोग, गरीब लोग, धर्म और प्रेम में डूबे हुए ऊंचे स्वरों में स्तुति करते हुए निकट आ गए। उन्होंने समाधि में लीन मंगलदेव को अपनी बांहों में उठाकर चांदी की पालकी में सवार करा दिया। पर मंगलदेव की समाधि नहीं टूटी। वह उसी तरह चांदी की पालकी में आलथी-पालथी मारे अपनी समाधि में लीन रहा। आम तौर पर चांदी के रथ पर सवार होते समय मंगलदेव की समाधि टूट जाती थी। आज जो नहीं टूटी तो भक्तों की श्रद्धा और बढ़ गई और वे ज़ोर-ज़ोर से महन्त मंगल-देव के जयकारे लगाने लगे।

रात को रविशंकर ने मंगलदेव को बताया—"आज जो जुलूस निकला है वह आपको वर्षों तक याद रहेगा। पालकी पर जो चढ़ावा पढ़ा है, नकद तो अठारह हज़ार से अधिक है। सोने-चांदी के गहने इसके अलावा हैं, गुरुदेव।"—इतना कहकर रविशंकर ने महन्तजी के चरण छुए। जैसे वह कल के कम चढ़ावे की क्षमा मांग रहा हो।

महन्तजी ने खुश होकर उसके सिर पर हाथ फेरकर उसे आशार्वाद दिया और चढ़ावे में से पांच सौ रुपये भी निकालकर दिए।

इतने में सूज़ी का फिर टेलीफोन आया।

तीन

जोन्स ने ऐला को गोल्ड बाऊल बार में खाने के लिए बुलावाया था। ऐला हल्के ऊदे रंग की फ्राक पहनकर आई थी, जो उसकी बनफ्शई आंखों के साथ मैच करता था। जोन्स ने भी नीली मछलियों वाला नया टॉन बुशशर्ट पहन रखा था और गहरे हरे रंग की टेरेलिन की पतलून इतनी तंग कि ज़रा हिलने पर उस पतलून के अन्दर से उसकी रान की मज़बूत मछलियां हिलती दिखाई देती थीं। ऐरिक जोन्स ने पीले पर्दों वाली खिड़की के नीचे अपना टेबल बुक किया था जहां से वह बुड्‌ढे आयरिश गिटारिए को गिटार बजाते देख सकता था। उसने ऐला को अपने सामने की कुर्सी आफर की। अपने कन्धे पर लटके हुए चमड़े के बक्से में बन्द कैमरे को उतारा और एक कुरसी पर रख दिया, फिर उसी कंधे से दूसरे छोटे बैग को उतारा और सामने टेबल पर रख दिया। फिर करीम खां वेटर को बुलाकर उसे 'क्वीन ऑफ क्वीन' व्हिस्की की पूरी बोतल का आर्डर

दिया।

"पूरी बोतल?"—ऐला ने चकित होकर पूछा।

"पूरी बोतल।" ऐरिक जोन्स ने बड़े इत्मीनान से कहा। आज से ठीक पन्द्रह दिन पहले ऐरिक की जेब में दस रुपये भी नहीं थे। कमा न होते थे। ऐला ऐरिक को छः साल से जानती थी। वह एक लैंडस्कोप फोटोग्राफर था। नैनीताल में वह पहली बार उससे मिला थी, जहां उसका बॉस उसे अपने साथ ले गया था। किसी रोमांटिक कारण से नहीं केवल इस वजह से कि ऐला का बॉस एक दर्जन से अधिक कारोबारी कम्पनियों का डायरेक्टर था, और उसे अपने लिए एक प्राइवेट सेक्रेटरी की सदा ज़रूरत रहती थी। कहीं भी वह। जाए टाइपराइटर की टिक-टिक से बिज़नेस को तो देखना ही पड़ेगा।

ऐला को ऐरिक से प्रेम हो गया था। मगर ऐरिक बहुत गरीब था, बहुत अभिमानी था, बहुत मूर्ख था, उसे लैंडस्कोप फोटोग्राफी से प्रेम था। मगर आजकल लैंडस्कोप किसे पसन्द आते हैं? मद्धिम-मद्धिम रंगों वाले गुलाबी दृश्य, सफेद राजहंस झील के पानी में तैरते हुए, पेड़ अपनी डालियां खोले सफेद बादलों को ताकते हुए, भूरी भेड़ें हरी घास पर चरती हुई, मैना के बच्चे चोंच खोले हुए चुग्गे के लिए बेताब—यह सब किसे पसंद आता? ऐरिक एक असफल फोटोग्राफर था।

छः सालों से ऐला ऐरिक से प्रेम कर रही थी। वह उसकी पत्नी बनना चाहती थी, उससे बच्चे चाहती थी, छः सालों से वह उसका इन्तज़ार कर रही थी। हर पल उसकी जवानी गुज़रती जा रही थी। जवानी—जब औरत शहद होती है, महक होती है, नशा होती है, जब खाली आईने उसका इन्तज़ार करते हैं, और रेशम के वस्त्र उसे छूने के लिए बेकरार होते हैं। औरत की जवानी वह कच्चा मोम है जो मर्द

के कलात्मक हाथों में सज-संवरकर शमा बनती है। छः साल तक धीरे-धीरे ऐला सिसकती और सुलगती रही, मगर शमा न बन सकी। क्योंकि ऐरिक गरीब रहा, वह कभी मशहूर फोटोग्राफर न बन सका। कभी-कभार उसके दो-तीन लैंडस्कोप साल में इधर-उधर अंग्रेज़ी मासिकों में छप जाते थे। उसकी जेब हमेशा खाली रही और शादी की घड़ी दूर से दूर होती गई। आज से पन्द्रह दिन पहले ऐला ने निराश होकर ऐरिक से लड़ाई कर ली थी। पन्द्रह दिन तक वे दोनों एक-दूसरे से नहीं मिले थे। आज मिल रहे थे, वह भी ऐरिक के बार-बार टेलीफोन करने पर। वरना ऐला ने तो निश्चय कर लिया था कि अब वह ऐरिक से कभी नहीं मिलेगी। मिलना तो उसे आज भी नहीं था मगर जाने क्यों बीते हुए मीठे क्षणों की याद उसे खींच लाई थी। वरना कायदे से तो अब उसे ऐरिक से नहीं मिलना चाहिए।

ऐरिक खुशी से उबल रहा था, होंठों में गुनगुना रहा था, फास्टर किंग के महंगे सिगरेट पी रहा था। आज न सिर्फ उसने क्वीन ऑफ क्वीन ह्विस्की का आर्डर दिया था बल्कि ऐला के लिए बेहतरीन स्नैक भी मंगाए थे और पीने के लिए मार्टिनी।

"मार्टिनी", ऐला आश्चर्य से चौंक गई—"क्या तुम्हारा कोई अमीर चाचा मर गया है? या तुम्हारी लैंडस्केप फोटोग्राफी का एलबम बिक गया है?"

"एक गाय ने दूध दिया है"—ऐरिक खुशी से चहककर बोला। फिर उसने मेज़ पर रखे हुए छोटे बैग का ज़िप खोला और ऐला को उसमें झांकने के लिए कहा। ऐला आगे को झुकी, चकित होकर उसने अपना हाथ अपने होंठों पर रख लिया। पूरा बैग नोटों से भरा हुआ था।

"कोई डाका डाला है?"—ऐला ने फटी-फटी आंखों से

उसकी तरफ देखकर पूछा।

"कह तो रहा हूं एक गाय ने दूध दिया है।"

"साफ-साफ बात बताओ, पहेलियां न बुझाओ।"

"पहले तुम पीना तो शुरू करो—" ऐरिक ने मार्टिनी का गुलाबी जाम उसके आगे बढ़ाया, खुद व्हिस्की का एक घूंट लिया। मार्टिनी के गुलाब ने ऐला के होंठों के गुलाब को छू लिया और हरी मेहराब वाले आतिशदान के करीब बैठे हुए बूढ़े गिटारिए ने भारी आवाज़ में गाया :

दरिया बहता है
डैन्यूब हो कि गंगा—
दरिया बहता है...

ऐरिक बोला—"जब तुम मुझसे नहीं मेरी गरीबी से लड़ लीं तो मैंने सोचा, मैं इस आर्ट को भूल जाऊं जो मुझे भूखा रखता है, जो मुझे तुमसे दूर रखता है। वे बच्चे जो हमें सपनों में बुलाते हैं, जब इन गरीबी के कारण हमारे पास नहीं आ सकते तो इस आर्ट को भूल जाना ही अच्छा है। कुछ पलों के लिए मेरे दिल में खयाल आया कि मैं भी अपनी कला को उसी स्तर पर ले आऊं जिस स्तर पर एक वेश्या नृत्य और राग को ले आती है। फिर मैंने सोचा, अगर अपने पवित्र आर्ट को इस स्तर पर गिरा देना है तो मैं सीधा-सीधा खुद ही क्यों न वेश्या बन जाऊं या किसी चकले में नौकर हो जाऊं। यही सोचकर मैं सूज़ी के पास चला गया।

"सूज़ी?"

"हां! सूज़ी एक एंग्लो-इण्डियन कुटनी है और पैरामाउण्ट हिल पर एक हाई क्लास चकला चलाती है। वहीं पर मैं वेटर हो गया। तनख्वाह डेढ़ सौ रुपया महीना, ऊपर से बीस-तीस टिप के रोज़ हो जाते हैं। सीधा-सादा धन्धा था, मगर मज़ा न आया—

इस स्तर पर उतरने के बाद भी अगर मैं गरीब ही रहा तो क्या बात हुई? एक रोज़ मुझे शरारत सूझी और मैंने यह किया।"—इतना कहकर ऐरिक चुप हो गया। उसने मेज़ पर रखे बैग का ज़िप फिर खोला, हाथ अन्दर डालकर भरे हुए नोटों के नीचे से टटोल-टटोलकर पीले रंग का एक लिफाफा निकाला और उसे खोलकर सारी तस्वीरें ऐला के सामने ढेर कर दीं।

"देख लो मैंने क्या किया?"

ऐला देखने लगी।

महंत मंगलदेव और शहज़ादी—

सैयद रिफत हुसेन और सुधा—

सुधा महंत मंगलदेव—

रिफत हुसैन और शहज़ादी—

आयरिश बूढ़े का गिटार व्यंग्यात्मक स्वरों में हंसता मालूम होता था।

हवस के लम्बे सायों में
खुदा भी थककर सोता है
दरिया बहता है…

"दूसरे दिन—" ऐरिक ने कहा—"मैं इन तस्वीरों को डेवलप करके सूज़ी के पास ले गया। कुछ कहा नहीं उससे, बस ये सारी तस्वीरें उसके सामने रख दीं। वह भी कुछ नहीं बोली, बड़ी समझदार है। कुछ देर चुप रहने के बाद उसने दो जगह टेलीफोन किए। कोई आधे घण्टे के बाद महन्त मंगलदेव और सैयद रिफत हुसेन दोनों मेरे सामने टेबल पर मौजूद थे और तस्वीरों को देख-देखकर गश खा रहे थे। खैर, सूज़ी ने मामला संभाला और इक्कीस हज़ार रुपयों पर फैसला हुआ, सात हज़ार महन्त मंगलदेव ने दिए, सात हज़ार सैयद रिफत हुसेन ने, और सात हज़ार सूज़ी ने दिए—क्योंकि यह

सारा किस्सा उसके चकले में हुआ था इसलिए सूज़ी ने कहा कि वह भी इसकी सज़ा भुगतेगी। बुड्ढी कुटनी बहुत समझदार है, अपने ग्राहकों को चकले में रखने के सब गुर जनाती है। यह कल का किस्सा है और आज मैंने तुमको टेलीफोन किया।"

ऐला के चेहरे पर दर्द की एक लहर-सी आई। उसका रंग उड़ गया।

ऐरिक कह रहा था—"अब हम शादी कर सकते हैं और घर ले सकते हैं, और सपने पूरे कर सकते हैं।" उसने दूसरा पेग खाली करते हुए ऐला के खाली जाम में दूसरी मार्टिनी बनाते हुए कहा—"ऐला! तुम चुप क्यों हो? जो तुम चाहती थीं वह सब तो अब हो गया, और एक दिन में हो गया। जो काम छः सालों में न हो सका उसे मैंने एक दिन में कर दिखाया है। मगर मुझे दुःख होता है। अपने-आपपर नहीं, इस युग की सभ्यता पर दुःख होता है जो रिश्वत के लिए पैसे दे सकती है—ब्लैकमेल के लिए, डकैती के लिए पैसे दे सकती है—लेकिन एक आर्टिस्ट की ईमानदार निगाह की कद्र नहीं कर सकती। इसलिए आज से मैं लैंडस्केप फोटोग्राफी छोड़ रहा हूं। आज से मैं वही फोटोग्राफ करूंगा जो बाजार में बिकता है। कत्ल की तस्वीरें, अर्धनग्न औरतों की तस्वीरें, दुर्घटना की तस्वीरें, फसादों की तस्वीरें, गिरते हुए मकानों, टकराती हुई मोटरों और नशे में लड़ते हुए लोगों की तस्वीरें—तस्वीरें जो भड़काती हैं, चौंकाती हैं, जो भयभीत करती हैं।" जल्दी-जल्दी ऐरिक ने एक बड़ा पेग बनाया। ऐला उसे हैरान होकर घूर रही थी।

"चुप क्यों हो?" ऐरिक ने पूछा—"बोलती क्यों नहीं हो?"

"ऐरिक!" ऐला ठण्डे सीधे लहजे में बोली—"मेरी शादी हो चुकी।"

"नो!" ऐरिक घबराकर चिल्लाया। पेग उसके हाथों से छलक

गया। आहिस्ते से ऐला ने 'हां' में सिर हिलाया।

"यह क्या मज़ाक है?" ऐरिक इस कदर ज़ोर से चीखा कि आसपास की मेज़ों से लोगों की निगाहें उठ गईं और उसपर जम गईं।

"यह मज़ाक नहीं, यह सच है"—ऐला ठण्डी सांस लेकर बोली—"छः साल मैंने तुम्हारा इन्तज़ार किया, छः साल मैं तुम्हारे हालात बदलने की दुआ करती रही, और उस दिन जो तुमसे झगड़-कर गई थी तो सदा के लिए ही गई थी। अब मैंने मोहनकुमार से शादी कर ली है और हिन्दू हो चुकी हूं—मोहनकुमार कई फिल्मों का म्यूज़िक डायरेक्टर है जो वर्षों से मेरे पीछे पड़ा था। मैं उससे प्यार नहीं करती, मगर प्यार ही तो सब कुछ नहीं है ऐरिक, स्त्री घर भी चाहती है और बच्चे, और जिस समय में सृजन कर सकती है वह बहुत कम होता है। मर्द तो सारी उम्र सृजन कर सकता है, पर प्रकृति ने नारी को बहुत कम समय दिया है।"

"तुम ये कैसे कहती हो?—तुम—तुम—तुम।"—एरिक ने बड़ी सख्ती से ऐला का हाथ पकड़ लिया।

"याद करो वो शामें, जब बारिश बरसकर थम जाती थी और तुम्हारा हाथ सरककर मेरे हाथ में आ जाता था, और मेरी ज़िन्दगी के सारे गरीब लम्हे—तुम्हारी अंगुलियों को छूकर पूरे हो जाते थे, तुम किसी दूसरे की कैसे हो सकती हो? ऐला! ऐला!!"—ऐरिक ने भरए हुए स्वर में कहा।

ऐला ने अपनी छाती पर क्रास का निशान बनाया, बोली—"क्राइस्ट की कसम, मैं किसी दूसरे की हो चुकी हूं, आज से चार दिन पहले मेरी शादी मोहनकुमार से हो गई। रीति-अनुसार तो मुझे आज नहीं आना चाहिए था, पर मैं तुम्हें बता देना चाहती थी।"

"नो! नो! नो!!" ऐरिक अपनी टेबल से उठकर अपने

सिर के बाल नोचने लगा। उसकी आंखों में जैसे खून उतर आया। अत्यन्त क्रोध में उसने पहले तो अपने जाम को उठाकर दीवार पर दे मारा, फिर मेज़ पर पड़े हुए बैग को उठाकर, खोलकर, उसमें अपना हाथ डालकर करेंसी नोट भर-भरकर उनको हाथ में उछालने लगा। वह इस समय बिल्कुल पागल हो रहा था, और पागलों की तरह नोट उछालकर कह रहा था—"लूटो! लूटो!! मुफ्त का माल है।"

करेंसी नोट हवा में उछल रहे थे और गोल्ड बाऊल बार में बैठे हुए लोग अपनी मेज़ों से उठ-उठकर इन नोटों को अपने हाथों से पकड़ने की कोशिश में एक-दूसरे पर पिले और गिरे जा रहे थे। बार में एक हड़बोंग-सी मच गई। तीन-चार बार बैग में हाथ डाल-कर ऐरिक ने नोटों को हवा में उछाला। अन्त में पूरा बैग चीखते-चिल्लाते लोगों के सिर पर उल्टा कर दिया और अपने कैमरे को उठाकर तेज़ी से बाहर निकल गया।

थोड़ी देर के बाद हड़बोंग मिट गई और लोग कुछ सफल होकर, कुछ असफल होकर वापस अपनी सीटों पर बैठने लगे।

बूढ़े आयरिश गिटारिए ने इस हंगामे में कोई भाग नहीं लिया। था। जब सब लोग वापस अपनी-अपनी मेज़ों पर बैठ चुके तो वह मुस्कराया। गिटार के तारों पर अपना हाथ फेरा और भारी आवाज़ में अपना गीत समाप्त किया।

शब्द मर गए—
कौन इस सन्नाटे में खड़ा रोता है?
दरिया बहता है—

अगले चंद पलों में सब चुप रहे। सिर्फ एक मेज़ पर से ऐला के सिसकने की आवाज़ आ रही थी।

चार

फर्श पर ऐरिक की गिरी हुई व्हिस्की की बोतल उठाते हुए करीम खां वेटर के हाथ में भी दस का एक नोट आया था। वह इस नोट को अपनी जेब में डालकर, और बोतल उठाकर जिसमें थोड़ी-सी व्हिस्की बाकी रह गई थी, बार के अन्दर कहीं चला गया। व्हिस्की को जल्दी से उसने अपने गले में डाल लिया, फिर जेब से मुझे निकालकर देखा और अच्छी तरह से तह करके अन्दर की जेब में डालते हुए करीम खां के चेहरे पर एक सन्तोषजनक मुस्कान आई।

कल वह अपनी बच्ची को स्कूल की फीस दे सकेगा।

रात को करीम खां ने अपनी बीवी को सारा किस्सा सुनाया। यों तो गोल्ड बाऊल में रोज़ किसी न किसी ढंग का ऊधम मचता ही रहता था, मगर ऐसा किस्सा तो करीम खां को अपनी बीस साल की नौकरी में देखने को नहीं मिला। गोल्ड बाऊल में अधिकतर

फटेहाल लेखक, प्रेस फोटोग्राफर, कवि, गायक, चित्रकार और उनके मॉडल जमा रहते थे। दुबले-पतले चेहरे, और फ्रेंच दाढ़ियां, और सूखी-सूखी लड़कियां अपने सिर पर 'बया' जैसा बालों का लम्बा घोंसला बनाकर आती थीं और चरस के सिगरेट फूंकती थीं। विदेशी जहाज़ियों और विदेशी टूरिस्टों का भी वही अड्डा था, जो इस विचित्र माहौल की बदनामी सुनकर इसे देखने के लिए चले आते थे। गोया कि हर वक्त एक अजीब तरह का गुलगपाड़ा रहता था। मगर रात का किस्सा तो लाजवाब था, जब एक सरफिरे फोटो-ग्राफर ने इक्कीस हज़ार के नोटों से भरा हुआ बैग बार में सबके सिरों पर उलट दिया था।

दूसरे दिन प्रत्येक समाचारपत्र में इसी घटना की चर्चा थी। ऐरिक ने ऊधम मचाकर हर समाचारपत्र के मुखपृष्ठ पर अपनी जगह बना ली थी जहां इससे पहले हमेशा वज़ीरों की तस्वीरें होती थीं और हवाई जहाज़ों के गिरने और ट्रेनों के उलटने के समाचार। समाचार केवल घटनाओं की ऊपरी त्वचा प्रस्तुत करता है, अन्दर क्या हुआ? एक निर्धन फोटोग्राफर के पास इक्कीस हज़ार रुपये कैसे आ गए, किसने दिए और क्यों? छः साल की दौड़-धूप में उसे ये रुपये नहीं मिले, और उसी समय क्यों मिले जब उसने अपनी कला का असामाजिक उपयोग किया। इस विकृत घटना के पीछे कितनी बड़ी ट्रैजेडी छिपी है, किसे इन बातों में दिलचस्पी है? इन्सान की सभ्यता अभी तक घटनाओं की ऊपरी त्वचा पर फिसलने की सभ्यता है।

करीम खां को भी इससे अधिक खोज करने की लगन नहीं थी। वह तो इसी बात में मगन था कि उसे अपनी बेटी की फीस के लिए दस रुपये मुफ्त में मिल गए थे। उसकी आठ साल की बच्ची मसर्रत जहां भी बहुत मगन थी। अब फीस न देने पर उसकी टीचर क्लास-

रूम में उसका नाम नहीं पुकारेगी और उसे अपनी सहेलियों के सामने लज्जित नहीं होना पड़ेगा।

सफेद सलवार के ऊपर हरे रंग की धुली फ्राक पहनकर, बस्ता बगल में दबा, अपनी अम्मी से बस के आने-जाने के पैसे लेकर और मुझे अपनी जेब में सावधानी से रखकर मसर्रत जहां खुशी-खुशी स्कूल चली। बस के अड्डे से स्कूल का फासला दस मिनट का था। पर मसर्रत जहां पैदल चलना पसन्द करती थी, इस तरह से वह बस के बीस पैसे बचा लेती और अपनी सहेलियों के संग भेलपूरी खा सकती थी। बस के अड्डे से आगे जाकर उसने टर्नर रोड का नाका पार किया और फिर मुमताज़ अली पार्क के बीचोबीच चलती हुई दस नम्बर की सड़क पर जा निकली। यहां पर सुबह के ट्रैफिक की बहुत भीड़ थी। इत्तफाक से आज आटोमेटिक बत्तियां भी खराब थीं और चौक का संतरी चौराहे से दूर एक लारी और एक टैक्सी के एक्सिडेंट के सिलसिले में व्यस्त था। इसलिए चौराहे पर और भी गड़बड़ पैदा हो गई। बसों की लम्बी कतारें, दफ्तर को भागने वालों के तेज़ कदम, प्राइवेट गाड़ियों की पों-पों। मसर्रत जहां चौथा नाका पार करते हुए कुछ घबरा-सी गई। हर पल इधर-उधर से गाड़ियां आ-जा रही थीं। लोग चौक ऐसे पार कर रहे थे जैसे बहते हुए तेज़ पानी में से गुज़रते हैं। इतने में एक अधेड़ उम्र के व्यक्ति ने उसका हाथ पकड़ लिया और पुचकारकर बोला—“मेरी अंगुली पकड़ ले, तुझे चौक पार करा दूं। डरती हुई मसर्रत जहां को उसने बेखटके चौक पार करा दिया। अब वह फुटपाथ पर चल रही थी। उस अधेड़ उम्र के आदमी ने उसका हाथ छोड़ दिया, अब वह इधर-उधर देखता हुआ उसके साथ चल रहा था।

“तेरा नाम क्या है बेटी?”

“मसर्रत जहां।”

"कहां पढ़ती हो?"

"नेशनल स्कूल में।"

"कौन-सी क्लास में?"

"थर्ड स्टैंडर्ड।"—अधेड़ उम्र का आदमी मुस्कराया। वह बड़े प्यार से नन्हीं मसर्रत जहां की तरफ देख रहा था। जैसे वह उसकी अपनी ही बेटी हो। फिर उसने पूछा—"तेरा स्कूल तो करीब होगा यहां से?"

"हां! बायीं ओर के दो मोड़ पार करके आएगा।"

अधेड़ आदमी ने उसे फिर अंगुली से पकड़ लिया। चलते-चलते रुककर उसने एक कार की तरफ इशारा करके कहा—"मुझे तो बहुत आगे जाना है, मगर तुझे रास्ते में स्कूल के दरवाज़े पर उतार दूंगा।"

अभी मसर्रत जहां कुछ कह नहीं पाई थी कि उस अधेड़ आदमी ने मसर्रत जहां को बड़े प्यार से पुचकारकर अपनी बांहों में उठा लिया और गाड़ी में लेकर बैठ गया। उसके बैठते ही गाड़ी चल दी। बाई ओर का पहला मोड़ गुज़र गया, फिर दूसरा मोड़, फिर स्कूल की बिल्डिग आ गई। मसर्रत जहां चिल्लाई:

"गाड़ी रोको, ये रहा मेरा स्कूल।"

मगर गाड़ी नहीं रुकी।

"गाड़ी रोको न—" मसर्रत जहां उसका कंधा हिला-हिलाकर कहने लगी—"मेरा स्कूल तो पीछे रह गया है।"

"गाडी तेज़ करो—" अधेड़ उम्र के आदमी ने ड्राइवर को हुक्म दिया।

मसर्रत जहां भयभीत होकर चिल्लाने ही को थी कि उसके मुंह पर अधेड़ आदमी ने अपना मज़बूत हाथ रख दिया और उसकी गर्दन पर ज़ोर देकर उसे अपनी गोद में औंधा लिटा दिया। कई

बार मसर्रत जहां ने चीखने की कोशिश की मगर अधेड़ आदमी का हाथ लोहे के ढकने की तरह उसके मुंह पर पड़ा था।

अगले एक घण्टे में गाड़ी कई पेचदार रास्तों से गुज़रती रही और अन्त में शहर के बाहर एक पुराने बंगले के पोर्च में जाकर रुक गई। मसर्रत जहां को गाड़ी से निकालकर अन्दर के एक कमरे में ले जाया गया जहां एक गठीला गुण्डा गहरे नीले रंग की पतलून पर गहरे भूरे रंग की जर्सी पहने हुए बैठा था।

"ले आए?" उसने लड़की को देखकर कहा।

"जी हां।" अधेड़ आदमी ने जवाब दिया।

भूरी जर्सी वाले आदमी ने उठकर बड़े प्यार से मसर्रत जहां के सिर पर हाथ फेरा और बोला—"इसे कोकाकोला पिलाओ, जो खाने को मांगे दो, इसे किसी तरह की तकलीफ नहीं होनी चाहिए। बड़ी प्यारी बच्ची है ये। मैं अभी टेलीफोन करके आता हूं।"

मसर्रत जहां सिसकने लगी।

"नहीं। मैं कोकाकोला नहीं पीऊंगी, मैं घर जाऊंगी, अपनी अम्मी के पास।"

"हां! हां, बेटी तुझे अम्मा के पास भेज देंगे बल्कि तेरी अम्मी को भी यहीं बुला लेंगे—" भूरी जर्सी वाले ने उसे पुचकारकर कहा।

"मैं अभी टेलीफोन करके आता हूं।" भूरी जर्सी वाला आदमी बाहर की गाड़ी स्टार्ट करके ले गया। रास्ते के दो-तीन टेलीफोन बूथ छोड़ता हुआ अन्त में एक सुनसान नाके के पब्लिक टेलीफोन बूथ में घुसकर फोन करने लगा।

"हैलो! 600871!"

"हैलो!"

"हाजी मुस्तफा के घर से बोलते हैं?" भूरी जर्सी वाले ने पूछा।

"हां, वहीं से बोलते हैं, तुम कौन हो?"

"हाजी मुस्तफा को फोन पर भेजो।"

"वो तो घर पर नहीं हैं, मिल में गए हैं, तुम कौन हो?"

"तो हाजी साहब की बेगम साहिबा को भेजो।"

"मैं हाजी साहब की बेगम साहिबा ही बोल रही हूं, तुम कौन हो?"

'मैं बोलता हूं! आपकी बच्ची मसर्रत जहां क्या स्कूल नहीं गई?"

"स्कूल तो गई है—" बेगम साहिबा ने घबराकर कहा—"क्यों?"

"स्कूल तो नहीं पहुंची।" इधर से आवाज़ आई।

उधर से एक चीख की आवाज़ आई—"स्कूल नही पहुंची? क्या तुम स्कूल से बोलते हो?"

"नहीं, मैं स्कूल से नहीं बोलता, दूसरी जगह से बोल रहा हूं। आपकी बच्ची मेरे पास है। ज़िंदा है। बिलकुल ठीक-ठाक है। पर बेगम साहिबा कान खोलकर सुनो—आज शाम के छः बजे किड्डर पाइंट के समुद्री तट पर जिधर नारियल के चार झाड़ खड़े हैं उस जगह एक बड़े काले पत्थर के ऊपर एक्स का मार्क चॉक से लिखा होगा। उस काले पत्थर के नीचे आज शाम के छः बजे पच्चीस हज़ार रुपये रख दो, सौ के नोट नहीं होने चाहिए सिर्फ दस के हों। पुलिस को ख़बर नहीं करना, किसी को साथ नहीं लाना। अगर आज शाम के छः बजे हमको पच्चीस हज़ार रुपये मिल गए तो तुमको आज रात ही तुम्हारी लड़की वापस मिल जाएगी, नहीं तो खलास कर दी जाएगी।" भूरी जर्सी वाले ने टेलीफोन रख दिया, जवाब की प्रतीक्षा किए बिना। बूथ से निकलकर उसने बड़े धीरज से एक सिगरेट जलाया, वापस चलकर गाड़ी में बैठा, बड़े इत्मीनान से

बंगले में पहुंचा। जाते ही उसने अधेड़ आदमी से कहा—"छः बजे किड्डर पाइण्ट पर पहुंच जाना, मैंने टेलीफोन कर दिया है।"

दिन-भर मसर्रत जहां उसी कमरे में बैठी रही। अगर उसे प्यास लगी तो उसे कोकाकोला दिया गया। भूख लगी तो अच्छे से अच्छा भोजन कराया गया। खेलने के लिए उसे गुड़िया और खिलौने भी दिए गए। अब मर्सरत जहां का डर बहुत कम हो गया था, फिर भी वह नज़र बचाकर बार-बार अपनी जेब में हाथ डाल-कर मुझे थपथपा लेती थी। कोई साढ़े सात बजे अधेड़ आदमी किड्डर पाइंट से लौटा, निराशा उसके चेहरे पर लिखी थी। उसके चेहरे को देखते ही भूरी जर्सी वाले आदमी ने पूछा—"हाजी नहीं आया?"

"कोई नहीं आया।" भूरी जर्सी वाला बड़ी परेशानी से कमरे में टहलने लगा। उसका गुस्सा बढ़ता जा रहा था। उसकी सूरत देखकर मर्सरत जहां सहम गई।

"अब क्या करें?" अधेड़ आदमी ने परेशान होकर पूछा। फिर जेब से एक चाकू निकालकर बोला—"इसको खलास करूं?"

चाकू के नंगे फल को देखकर, डर के मारे मसर्रत जहां की घिग्घी बंध गई।

"नहीं!" भूरी जर्सी वाला टहलते हुए बोला—"ज़रूर कोई 'मिस्टेक' है, तुम जाकर हाजी के बावर्ची से पूछो।"

बहुत रात गए अधेड़ आदमी वापस आया। मसर्त जहां को उस समय तक भूरी जर्सी वाले ने खाना खिलाकर सुला दिया था और खुद उसके पलंग के पास एक कुर्सी पर बैठा ऊंघ रहा था, कि बाहर पोर्च में गाड़ी आने की आवाज़ सुनकर चौंक पड़ा। अधेड़ उम्र के आदमी ने अन्दर आकर हांफते कहा—"मसर्रत जहां तो अपने घर में है, हाजी के घर में, बाहर पुलिस का पहरा लगा है, मैं तो अन्दर

गया नहीं, उसका बावर्ची किसी काम से बाहर निकला तो मैंने उससे पूछा क्या मसर्रत जहां आज स्कूल नहीं गई? वह बोला—गई तो थी और तुम लोगों के टेलीफोन करने के बाद बड़ा हो-हल्का मचा, खुद हाजी स्कूल गया पुलिस को लेकर, मगर मसर्रत तो स्कूल में मौजूद थी। वह उसे लेकर घर चला आया।"

"तो फिर यह लड़की कौन है?" भूरी जर्सी वाले ने अधेड़ से पूछा।

"मालूम नहीं।" वह अधेड़ उन का आदमी आश्चर्य से बोला—"इसने भी अपना नाम मसर्रत जहां ही बताया था।"

भूरी जर्सी वाले ने एक तेज झटके से सोई हुई मसर्रत को जगा दिया। वह घबराकर उठ बैठी।

"ऐ लड़की, तेरा नाम क्या है?" भूरी जर्सी वाले ने कड़ककर पूछा।

"मसर्रत जहां।"

"क्या तेरे स्कूल में तेरे नाम की और भी कोई लड़की पढ़ती है?"

"पर वह तो सेक्शन 'बी' में है।"

"क्या उससे तेरी सूरत मिलती है?"

"थोड़ी-थोड़ी मिलती है।" मसर्रत जहां मुस्कराकर बोली—"पर उसका बाप तो हाजी मुस्तफा है और वह तो गंजा और चेचक-मारा है, और मेरे बाप का नाम तो करीम खां है और वो गोल-बोल में वेटर है।"

एकाएक भूरी जर्सी वाला अपनी कुर्सी से उठ खड़ा हुआ। उसने घूरकर अधेड़ आदमी की तरफ देखा। वह सहमकर पीछे हटने लगा। पर इतने में भूरी जर्सी वाले ने उसके मुंह पर इतने ज़ोर से घूंसा मारा कि वो कई पटखनियां खाता हुआ फर्श पर लोटने लगा,

और उसके मुंह से खून निकलने लगा।

"साला जो काम करता है, कच्चा करता है।" भूरी जर्सी वाले ने कड़ककर कहा—"आज तेरी 'मिस्टेक' से पच्चीस हज़ार का नुकसान हो गया। गोली मारने को जी चाहता है।"

अधेड़ आदमी फर्श पर गिरा और चुपचाप अपने होंठों से लहू पोंछने लगा।

रात के दो बजे तक करीम खां के घर में कोई नहीं सोया था। करीम खां की बीबी दोहत्थड़-मार-मारकर रो रही थी। रोते-रोते उसकी आंखें सूज गई थीं, और आवाज़ बैठ गई थी। पड़ोस की दो बूढ़ी औरतें उसे दम-दिलासा देने की बेकार कोशिश कर रही थीं। करीम खां के दोनों लड़के अपनी बहन के लिए रो रहे थे। एकाएक दरवाज़े पर दस्तक हुई। करीम खां ने आगे बढ़कर दरवाज़ा खोला। पुलिस का एक सिपाही मसर्रत जहां को अंगुली से लगाए खड़ा था और मुस्कराकर कह रहा था—"रामपीठा के नाके पर यह मुझे मिल गई, रोती हुई इधर आ रही थी। पहले मैं इसे थाने ले गया, इसका बयान लिया, अब तुम्हारे पास लेकर आया हूं। संभालो अपनी बेटी को।"

वह अपनी बात पूरी भी नहीं कर सका, बीच ही में खुशी की चीख मारकर करीम खां की बीवी ने अपनी बेटी मसर्रत जहां को गले से लगा लिया। वह उसका मुंह चूमती जाती थी और ज़ोर-ज़ोर से रोती जाती थी।

मसर्रत जहां के दोनों भाई, उसका अब्बा करीम खां और पड़ोस की बूढ़ी औरतें सब मसर्रत जहां के करीब इकट्ठी हो गई थीं और मसर्रत जहां बड़े गौरव से कह रही थी—"अम्मा, अम्मा, देखो मैंने दस का नोट बचा लिया। "गुंडों की नज़रें बचाकर शल-

वार के नेफे में उड़स लिया था।"

मसर्रत जहां ने नेफे से निकालकर मुझे सबको दिखाया। ठीक उसी समय करीम खां ने वह नोट मसर्रत के हाथों से छीन लिया और पुलिस के संतरी को देकर बोला—"अल्लाह का लाख-लोख शुक्र है संतरी साहब, तुम मेरी बच्ची को सलामती से घर ले आए।"

संतरी ने मुझे तह करके अपनी जेब में रखा और करीम खां को सलाम करके घर से बाहर निकल गया।

पाँच

अगले दो दिन पुलिस सन्तरी आठोले की बीवी दमयन्ती ने मुझे बहुत संभालकर रखा क्योंकि उसे राशन लाना था, मगर दस रुपयों में राशन नहीं आ सकता था, क्योंकि खाने वालों की गिनती दस से ऊपर थी। अगले रोज़ आठोले दो रुपये कहीं से लेकर आया, अगले दिन तीन रुपये। इस तरह जब पन्द्रह रुपये हो गए तो आठोले की बीवी दमयन्ती हरे रंग की नौगज़ी साड़ी पहनकर और बालों में वेणी सजाकर राशन की दुकान पर गई। मुझे और मेरे छोटे भाइयो को देकर घर के लिए राशन लाई। अनाज वाले बनिये ने हमें बैंक में डाल दिया, जहां से श्याम सुखनानी, एक सिन्धी वाच मर्चेंट, ने आठ सौ सत्तर रुपयों का एक चेक भुनवाया। खज़ांची ने दूसरे नोटों के साथ मुझे भी उसे दे दिया। सिन्धी वाच मर्चेंट अपनी गाड़ी बैंक तक नहीं लाया था क्योंकि इस सड़क पर 'नो एण्ट्री' का बोर्ड था। उसने अपनी गाड़ी चौक के ईरानी की दुकान के सामने खड़ी कर

रखी थी और वह चेक भुनाकर उधर जा रहा था, मगर नाका पार करने के पहले ही फत्तू जेबकतरे ने उसकी जेब पार कर दी और एक टैक्सी में बैठकर शहर के अन्दर रवाना हो गया। सस्ता मार्केट में पहुंचकर उसने सत्रह रुपये की एक साड़ी ली, अपने लिए नौ रुपये की एक पतलून और सात रुपये की शर्ट खरीदी, रग्घू पान वाले से कोकीन वाला स्पेशल पान खाया, फिर टैक्सी लेकर बटाटा वाली चाल में दौलत खान पठान को साठ रुपये कर्जे के वापस देने को गया। फिर टैक्सी पकड़ी और गुलशनाबाद लेन की आठ नम्बर चाल में बासन्ती की खोली में पहुंचा।

कब से उसकी नज़र बासन्ती पर थी और बासन्ती भी उसकी। नज़रें पहचानती थी, मगर बासन्ती बहुत महंगी लौंडिया थी। हालांकि एक चाली में रहती थी मगर उसके छोटे-से कमरे में सब कुछ था। एक रेडियो, एक रिकार्डर, एक ट्रांज़िस्टर, बिजली का पंखा, फर्श पर गलीचा, पलंग पर फोम रबर, वह सब कुछ जो जवान, सुन्दर, गरीब मगर बिकाऊ बासन्तियों को बीस-बाईस की उम्र तक मिलता रहता है।

दिन-भर वह बासन्ती के साथ रहा। शाम को उसे पिक्चर ले गया। रात को भी वहीं रहा। शाम को उसे सर्कस दिखाने ले गया। दूसरी रात भी वहीं रहा, तीसरे दिन की दोपहर से बासन्ती को कहीं और जाना था इसलिए दोपहर का खाना खाकर वह उससे विदा हुआ। तीनों दिन वह पीता रहा था और बासन्ती को पिलाता रहा था। वह दोनों ताश खेलते रहे और बासन्ती को पाने की खुशी में फत्तू बराबर हारता गया था। फिर भी सब कुछ दे-दिलाकर जब वह बासन्ती की खोली से निकला तो उसकी जेब में साढ़े छः सौ से कुछ ऊपर की रकम थी। गुलशनाबाद से निकलकर उसने फिर टैक्सी की। जेठा भाई के जुआखाने पर पहुंचा कि बासन्ती पर खर्च

की हुई रकम को पूरा कर सके, मगर वहां बैठे-बैठे पचहत्तर रुपये और हार गया। अब नशा भी उतरने लगा, घर और बीवी की याद सताने लगी। उसने हाथ रोक लिया और उठकर बाहर चला गया, फिर सस्ता मार्केट पहुंचा। अपनी घर वाली के लिए उसने तेरह रुपये की एक साड़ी ली, चार रुपये का एक ब्लाउज, बाहर निकलकर रग्घू पान वाले से कोकीन का एक स्पेशल पान खाया और बासठ नम्बर की बस पर बैठकर घर की ओर चला।

बस में वह ऊपर बैठा था। यहां हवा के हल्के-हल्के झोंके आते थे और बस के चारों ओर गोया रोशनी के हिंडोले घूम रहे थे। सारी दुनिया पर मस्ती छाई थी और वह बार-बार एक सन्तोषजनक मुस्कान से अपने आसपास बैठे हुए लोगों को देख लेता था। इस समय उसे ऐसा लगता था जैसे बस में बैठा हुआ हर व्यक्ति उसकी तरह खुश है, जैसे हरेक ने किसी दूसरे की जेब काटी है और अब खुश-खुश घर को लौट रहा है। हवा के महकते हुए झोंकों में उसे नींद-सी आने लगी, दो रातों से वह सोया भी नहीं था। अर्धनिद्रा की स्थिति में उसे बासन्ती का बदन याद आने लगा दूधिया और रेशमी बिजली का करेंट देता हुआ। क्यों न वह यहां से फिर लौट जाए? मगर बासन्ती आज तो मिलेगी नहीं।

सहसा एक झटके से वह चौंककर उठा। बस उसके घर के स्टाप पर खड़ी थी। जल्दी से वह अपनी सीट से चलता हुआ खट-खट सीढ़ियां उतरता हा दोमंज़िला बस के निचले दरवाज़े से निकल गया। तेज़ कदमों से चलता हुआ फूल वाले की दुकान पर जाकर रुक गया और अपनी बीवी साज़ी के लिए फूल खरीदने लगा।

फूल लेकर पैसे देने के लिए जब उसने जेब में हाथ डाला तो उसका हाथ जेब से बाहर दूसरी तरफ निकल गया, साफ बिल्कुल

साफ, पांचों अंगुलियां बाहर, किसीने बड़ी चालाकी से उसकी जेब काट ली थी। 'पैसे फिर दे दूंगा' कहकर फत्तू ने फूल हाथ में उठाए और दौड़कर वापस बस के अड्डे पर गया। देर तक इधर-उधर देखता रहा। मगर वह तो उसका अपना इलाका था। यहां कोई दूसरा जेबकतरा कैसे पर मार सकता था? जेबकतरे एक-दूसरे के इलाके के सम्बन्ध में इतने ईमानदार होते हैं जितने कि बड़े-बड़े देश और राष्ट्र भी नहीं होते। क्या मजाल कि कोई जेबकतरा किसी दूसरे के इलाके में घुसकर जेब काट ले। अगर जेबकतरे भिन्न-भिन्न प्रदेशों के मुख्यमंत्री बना दिए जाएं तो कभी कोई सीमा-विवाद न हो। फिर उसकी जेब किसने काट ली? सिर झुकाए भारी कदमों से चलता हुआ वह अपने घर के दरवाज़े पर पहुंचा। दरवाज़े पर साज़ी खड़ी थी।

"तीसरे दिन आए हो तो क्या लाए हो?"

फत्तू ने उसे साड़ी दी, ब्लाउज़ दिया, फूल उसके हाथ पर रखे।

"बस?" साज़ी फौरन बोली—"तीन दिन में यही कमाई की तुमने?"

"कुछ मत पूछ साज़ी," फत्तू बोला—"लोगबाग बहुत चौकन्ने हो गए हैं, अपनी जान से ज़्यादा अपनी जेब की रक्षा करते हैं।" फिर उसने पूछा—"पुलिस का कोई बुलावा आया था?'

"हां, हां, पुलिस का एक संतरी आया था, मैंने कहा, वो तो यहां है नहीं, पूना गया हुआ है।"

"बहुत अच्छा कहा तूने।"

"और कहती भी क्या? यह तो सब जानते हैं कि जेबकतरे जब कोई बड़ा माल उठाते हैं तो कई-कई दिन घर नहीं आते, मगर तुम तो तीन दिन के बाद आज भी खाली हाथ आए हो।"

फत्तू ने शर्म से सिर झुका लिया। आहिस्ता से बोला—"फिर तुमने कोई धन्धा किया?"

"दो दिन तक तो कहीं कुछ नहीं मिला। बस आज शाम को बड़ी मुश्किल से एक धन्धा मिला।"

फत्तू हैरानी से उसकी ओर देखने लगा। साज़ी ने फत्तू की कटी हुई जेब अपनी चोली से निकालकर उसके सामने रख दी और शिकायत-भरे स्वरों में बोली—"इसीलिए तो कहती हूं कि जेब काटने के बाद कोई नशा न किया करो, सीधे घर आया करो।"

फत्तू के यहां मैं करीब-करीब एक माह रहा। हुआ यह कि एक रोज़ फत्तू मुझे लेकर जुआ खेलने गया और तीस रुपये जीत गया। दूसरे दिन फिर मुझे लेकर गया और फिर अठारह रुपये जीता। उस दिन से वह समझने लगा कि मैं उसके लिए 'लकी' हूं। वह मुझे हमेशा अन्दर की जेब में डाले फिरता था और कभी अपने-आपसे अलग नहीं करता था। जुआखाने में ज़्यादा जाने के कारण, उसके मित्र भी मुझे पहचानने लगे थे। मुझे जेब से निकालते ही फत्तू के साथियो का रंग उड़ने लगता। एक बार तो कुम्टे ने मुझपर बोली लगा दी। फत्तू से बोला—"ये दस का नोट मुझे दे दे, मैं इसके बदले में तुझे बीस देता हूं।"

"मैं इसके तीस देता हूं"—धानी बोला।

होते-होते बोली साठ तक बढ़ गई। मगर फत्तू ने मुझे नहीं बेचा। सिर हिलाकर ना कर दी। बोला—"अरे ये तो मेरा 'लक्की' नोट है।" फिर मुझे चूमकर बोला—"ये तो मेरा यार है, आड़े वक्त में यही तो काम आता है, मैं इसको कभी अपने से अलग नहीं करूंगा।"

इस बीच में दो-तीन दफा फत्तू पर बड़ा कठिन समय आया। एक बार तो उसे और उसकी बीवी साज़ी को दो वक्त भूखे रहना पड़ा, फिर भी फत्तू ने मुझे नहीं बेचा। मगर एक दिन जब वह चौंसठ

नम्बर की बस से एक आदमी की पाकेट मारकर अड्डे पर उतर रहा था तो विष्णु संतरी ने उसकी गर्दन नापी और उसे थाने ले चला। लोग जमा हो गए और उनके पीछे-पीछे चलने लगे। कुछ दूर तक तो भीड़ ने उनका साथ दिया, फिर सब लोग अपने-अपने काम से चले गए और वे दोनों अपने-आपको अकेला पाकर हमदानी के 'चाखाने' में घुस गए। विष्णु ने दो कप चाय का आर्डर दिया, और चाय पीते हुए फत्तू से पूछा—"बोल, आज कितनी कमाई की?"

"अरे विष्णु भाई, कमाई का आजकल ज़माना नहीं है। दो टेम की रोटी भी मिल जाए तो बस है।"

"झूठ बोलता है?" विष्णु क्रोध से बोला—"दस दिनों से तूने मुझे एक पैसा नहीं दिया।"

फत्तू ने मेज़ के नीचे से अपना बटुआ निकालकर विष्णु के हाथ में थमा दिया। धीरे से बोला—"यकीन न आए तो देख लो, चार दिन के बाद एक बटुआ मिला है, उसमें भी सिर्फ साढ़े छः रुपये हैं और लोकल का एक थर्डक्लास का पास और एम्प्लायमेंट एक्स-चेंज की एक चिट्ठी कि अभी तुम्हारे लिए कोई नौकरी नहीं मिली, जब मिलेगी तो इत्तिला दे दी जाएगी। ऐसा तो धन्धा मिलता है आजकल, ऊपर से तुम अपना भत्ता मांगता है।"

"न मांगें तो ज़िन्दा किस भरोसे पर रहें?"—विष्णु चाय का एक बड़ा घूंट पीकर बीड़ी सुलगाते हुए बोला—"घर वाली को कैंसर है, डाक्टर बोलता है दो साल में ये मर जाएगी।"

"तो कोई दूसरी छोकरी देखकर रखो।" फत्तू ने सलाह दी।

"वो तो देखकर रखी है"—विष्णु बड़ी उदासी से बोला—"पर जब तक घर वाली ज़िन्दा है, दवा-दारू तो करना मांगता—और आज मुझे इक्कीस रुपये चाहिए उसकी दवा के लिए और तू मुझको देता है साढ़े छः, काहे को ऐसी बेमानी करता है?"

"और एक खोटा पैसा नहीं है मेरे पास।"—फत्तू गिड़गिड़ाने लगा।

"तो चल थाने। तीन दफा पहले सज़ा काटकर आया है, अब के दो साल के लिए अन्दर जाएगा।'—विष्णु ने उसे गर्दन से पकड़ने के लिए हाथ बढ़ाया।

"क्या करते हो? क्या करते हो?—फत्तू घबराकर बोला "इधर सब देखते हैं, बेइज़्ज़ती हो जाएगी, नाम निकल जाएगा˙˙˙!"

"मैं क्या करूं? सरकारी हुक्म है, तुझे पाकेट मारते पकड़ा है, लेके जाऊंगा।"

फत्तू बहुत रोया, गाया, गिड़गिड़ाया, मगर जब विष्णु किसी तरह भी नहीं माना तो उसने मुझे जेब से निकालकर टेबल के अन्दर से विष्णु के हवाले किया। तब कहीं जाकर विष्णु ने उसका पीछा छोड़ा।

चाय पीकर विष्णु पॉय एण्ड पॉय दवा बेचने वाले की दुकान पर पहुंचा। अपनी पत्नी के लिए उसने पन्द्रह रुपये की दवा खरीदी, मुझे ड्रगिस्ट के हवाले किया। काउंटर पर विष्णु के करीब एक अधेड़ उम्र का अमीर व्यक्ति पाइप पीता हुआ खड़ा था। उसके पास एक नेपाली लड़की खड़ी थी। मालूम होता था शहर में नई-नई आई है—क्योंकि पहाड़ों के गुलाब अब तक उसके कपोलों से उड़े नहीं थे। वह कुछ खुश भी थी, लगता था कि इतनी बड़ी दुकान में पहली दफा आई है। आश्चर्य से हर वस्तु को देख रही थी। सेठ ने उसके लिए सेंट खरीदा, साबुन, चोली, यू-डी-कोलोन और एक लिपस्टिक। काउंटर के सेल्समैन ने छुट्टा देते हुए मुझे भी उसके हवाले कर दिया। सेठ और नेपालिन दोनों बाहर मोटर में बैठे।

गाड़ी में बैठकर नेपाली लड़की एक-एक चीज़ को बड़े ध्यान से देखने और छूने लगी।

"ये क्या है?"

"सेंट है। बदन पर लगाओगी तो काठमाण्डू के फूल भूल जाओगी।"

"और ये क्या है?"

"इसको यू-डी-कोलोन बोलते हैं, इससे बदन ठण्डा होता है।"

"और ये... ?"

"ये लिपस्टिक है। इसको होंठों पर लगाते हैं।"

"कैसे?" नेपाली लड़की ने सेठ की ओर मुस्कराकर पूछा।

"जहां जा रहे हैं वहां मैं खुद इसको तेरे होंठों पर लगाकर बताऊंगा—" सेठ नेपाली लड़की के होंठों की तरफ देखकर बोला, जो लिपस्टिक के बगैर भी गुलाब की पंखुरियों-से थे। नेपालिन का शरीर एक पल के लिए थर-थर कांपा। बोली—"अगर मेरे गोरखे को मालूम हो गया तो तेरे को खुखरी मार देगा।"

"वो क्या मारेगा?"—सेठ ज़ोरों से हंसा—"वो खुद मेरे हाथ से चांदी की खुखरी खा चुका है।"

"क्या?"—नेपालिन भौंचक्की-सी सेठ की तरफ देखने लगी। सेठ बोला—"हां, उसे सब मालूम है।"

कुछ देर वह नेपालिन चुप रही, फिर धीरे-धीरे बिलखने लगी जैसे आज उसका शरीर ही नहीं बिका हो, उसके देश के पहाड़, वादियां, गुलाब, फूल, पेड़, पत्ते, खेत सब बिक गए हों। कागज़ का एक टुकड़ा माउंट एवरेस्ट पर गिरा और दुनिया का सबसे ऊंचा पहाड़ दुनिया की सबसे गहरी दलदल में गिर पड़ा। लावा फट रहा था, मोटर दौड़ रही थी और नेपालिन रो रही थी। कुछ दूर आगे जाकर सेठ ने गाड़ी रुकवा दी, नेपाली लड़की ने आंसू पोंछकर कहा —"यहां उतरूं?"

"नहीं बैठी रहो।" फिर सेठ ने अपने ड्राइवर को चालीस रुपये

देकर कहा—"सामने की वाइन शाप से बीयर की छः बोतलें ले आओ।"

"बेर?"—नेपालिन बोली—"बेर तो हमारे काठमाण्डू के बहुत अच्छे होते हैं।"

"बेर नहीं बीयर।" सेठ ने हंसकर कहा।

"बीयर क्या है?"

"एक तरह का शर्बत होता है, आज तुझे चखाऊंगा?"

"शर्बत? अहा जी।"—नेपालिन ताली बजाकर बोली—"शर्बत तो मैं ज़रूर पिऊंगी।"—वह अब अपने आंसू भूल गई थी।

सेठ उस भोली भाली नेपालिन को लेकर कहीं चला गया और मैं वाइन मर्चेंट के काउंटर से एक खद्दरधारी ग्राहक की जेब में आ गया, जिसने हवाई अड्डे की तरफ जाते हुए इस दुकान पर रुककर व्हिस्की का एक अद्धा खरीदा था। अद्धे को चांदी के फ्लास्क में डाल-कर और अपने जैकेट की अन्दर की जेब में छिपाकर यह खद्दरधारी हवाई अड्डे से नई दिल्ली जाने वाले हवाई जहाज़ में सवार हुआ। हवाई जहाज़ में वह टायलेट में जाकर चांदी का फ्लास्क बार-बार अपने मुंह से लगाता था और फिर बाहर आ जाता था। दूसरे दिन उसने रामलीला ग्राउंड के भरे जलसे में नशाबन्दी के पक्ष में एक शान-दार भाषण दिया। भाषण इतना बढ़िया था कि खुद एक कैबिनेट मिनिस्टर ने जो इस जलसे के अध्यक्ष थे, उस खद्दरधारी वक्ता को अपने गले से लगा लिया और यों मैं भी एक पल के लिए अपने देश के कैबिनेट मिनिस्टर के गले से लग गया। उस रोज़ सोमवार था, देश में अन्न-संकट के कारण यह खद्दरधारी हर सोमवार को व्रत रखता था। चुनांचे घर जाने के बजाय उस खद्दरधारी ने जलसे के बाद सीधे दरियागंज का रास्ता लिया, व्हिस्की का एक और अद्धा खरीदा और चाचा दे होटल में आकर उसने एक समूचे तन्दूरी

मुर्गे का आर्डर दिया। चाचा दे होटल के काउंटर से मैं सरदार उमरावसिंह की जेब में आया जो उसी रात देहरादून एक्सप्रेस से बम्बई आ रहा था, जहां आपेरा हाउस के निकट उसकी दो दुकानें मोटर स्पेयर पार्ट्स की थीं।

स्टेशन से उतरकर सरदार उमरावसिंह ने एक टैक्सी ली। घर पहुंचा, तो मालूम हुआ कि उसका छोटा लड़का जो यहां आठवीं में पढ़ता था, अचानक हैज़े से मर गया। घर में कोलाहल मचा हुआ था। दो तार तो सरदार को दिल्ली में दिए जा चुके थे मगर उस समय तो वह गाड़ी में था। वे लोग अब लड़के के शव को श्मशान घाट ले जाने वाले थे कि उमरावसिह पहुंच गया और रोता-पीटता अपने बच्चे की अर्थी के साथ चला। श्मशान घाट पहुंचकर उन्होंने लड़के के शव को लकड़ियों के ढेर पर रखा और इस तरह मैं सरदार उमरावसिंह की जेब से श्मशान घाट के कार्यकर्ता की जेब में पहुंच गया। लड़के का शव जल रहा था मगर मैं उस कार्यकर्ता की जेब में सुरक्षित था। क्योंकि ये इन्सान सब कुछ जला देते हैं, लाशें, किताबें, घर, दुकानें, आशाएं, खुशियां, बसें, रेलगाड़ियां तक जला देते हैं मगर नहीं जलाते तो किसी करेंसी नोट को। आज तक किसी इंसान ने किसी करेंसी नोट को नहीं जलाया।

रात में उस कार्यकर्ता की पत्नी को किसी रिश्तेदार की शादी में जाना था। जाना तो उसके पति को भी था पर उसी समय श्मशान घाट में पांच और लाशें जलने के लिए आ गईं और वह काम छोड़कर न जा सका और उसने अपने बीवी-बच्चों को शादी के घर रवाना कर दिया।

शादी के घर कितनी रौनक थी। झमझमाते रेशमी कपड़े, ज़री की साड़ियां, रंगारंग बिजली के बल्ब, खुशी से फूलों की तरह खिले हुए चेहरे, मुहब्बत के महकते हुए गीत, और धूम मचाते हुए चंचल

बच्चे।

बहू की मुंह दिखाई हो रही थी। श्मशान घाट के कार्यकर्ता की पत्नी ने दुलहन का गुलाबी घूंघट ज़रा-सा उठाकर उसका लजाया हुआ चेहरा देखा और उसके मेहंदी-भरे हाथों में मुझे रख दिया। कई दिनों तक मैं उस नववधू के सुगन्धित पर्स में पड़ा रहा, क्योंकि दुलहन को कौन पैसे खर्च करने देता। दिन में दो-तीन बार वह पर्स खुलता, दो पतली महीन अंगुलियां पर्स में टटोलते हुए आतीं और सबकी नज़रों से छिपकर दुलहन अपना चेहरा देख लेती। और खुले हुए पर्स के अन्दर से हमें भी उसके चेहरे की एक छवि मिल जाती। दूसरे क्षण दुलहन खुद ही अपने सौन्दर्य से शरमाकर जल्दी से वह आईना वापस पर्स में रख देती।

फिर जब सब लोग चले गए और लज्जा और सुरेश का दो कमरों वाला फ्लैट दहेज के सामान से भर गया, जब सुरेश की छुट्टी खत्म हो गई और जब वह पहली बार अपने आफिस गया, तो लज्जा ने डरते-डरते मुझे अपने पर्स से निकाला। आज पहली बार वह अपने घर में अकेली है, सब रिश्तेदार जा चुके हैं और अब वह इस फ्लैट की मालकिन है। आज वह पहली दफा अपने पति के लिए भोजन तैयार करेगी।

मुझे एक तिपाई पर रखकर और मुझपर चांदी की सुरमेदानी रखकर दुलहन सिंगार-मेज़ के सामने एक पैंसिल और एक पैड लेकर बैठ गई और खाने का मीनू तैयार करने लगी। आगे आने वाले मीनू ज़बानी तैयार किए जाएंगे और शायद कई-कई दिन एक ही मीनू चलेगा। मगर यह तो उसका पहला मीनू है और लज्जा मुंह में पैंसिल लेकर सोच रही है कि वह सुरेश के लिए क्या बनाए, गाजर का हलवा या अण्डे का हलवा? खाने का मीनू बनाने से पहले ही वह मीठे का मीनू बनाने लगी, क्योकि उसे मीठा बहुत

पसन्द था। तो फिर क्या हो? फिर क्या हो? गाजर का हलवा या अण्डे का हलवा? कि दोनों? हां, दोनों—और उसे सुरेश की मां ने बताया था कि सुरेश को चने की दाल में कतरे हुए करेले बहुत भाते हैं। बहुत मुश्किल भाजा है, पर वह उसे बनाना जानती है। हां, वह दहीबड़े भी बनाएगी, ऐसे खस्ता और नर्म कि सुरेश आश्चर्य से अंगुलियां चाटता रह जाएगा। साथ में मूली के परांठे भी होंगे और शिमला मिर्च का कोरमा—नहीं, नहीं ये तो अधिक हो जाएगा—वह अधिक खर्च भी नहीं करना चाहती थी और कम भी नहीं, ऐसा न लगे कि दावत हो रही है। और दावत न होते हुए भी दावत का मज़ा आ जाए और खर्चा भी दस रुपयों से अधिक न हो। हालांकि दस रुपये अधिक हैं, पर आज वह पहली बार अपने घर में भोजन बना रही है।

कई बार उसने पैड पर खाने का मीनू बनाया और उसे पैंसिल से काट दिया। अन्त में जब भाजी वाली ने तीसरी दफा पुकारा —"बीबीजी! तो क्या भाजी नहीं लोगी?" तो जल्दी-जल्दी से लल्जा ने एक मिनट में फैसला कर डाला। उसने खूब अच्छी तरह से देख-देखकर सब सब्ज़ियां थोड़ी-थोड़ी तुलवा लीं। शिमला मिर्च और मूली, गोभी और गाजर, धनिया और हरी मिर्च, प्याज़ और अदरक, करमकल्ला और मटर।

भाजी वाली ने सब तौलकर कहा—"सात रुपये नौ आने होते है बीबीजी—होते तो आठ रुपये नौ आने हैं, पर आज तुमसे एक रुपया न लूंगी। आज तुम पहली दफा भोजन बना रही हो अपने पति के लिए, इसलिए ठण्ठी-ठण्ठी बसो, सदा सुहागिन रहो बहू।"

ममता-भरी बूढ़ी भाजी वाली ने सच्चे दिल से नई दुलहन को आशीर्वाद दिया। और आशीर्वाद देते-देते उसे चालीस बरस पहले अपनी बिदाई का दिन याद आ गया। और उसकी आंखें

भीगने लगीं। और लज्जा उस बूढ़ी गरीब भाजी वाली के चरणों में झुक गई और भाजी वाली ने उसे क्षण में मानो अपनी बेटी समझ-कर अपने गले से लगा लिया। फिर वह टोकरी उठाकर चलने लगी, तो लज्जा घबराकर कहने लगी—“ठहरो,” और भागी-भागी अन्दर गई, चांदी की सुरमेदानी के नीचे से उठाकर मुझे बाहर लाई। नई दुलहन ने कुछ इस तरह से शरमाकर मुझे भाजी वाली के सुपुर्द किया जैसे दस के नोट के बजाय एक फूल पेश कर रही हो। वरना लोग तो आजकल दस का नोट यूं फेंकते हैं, जैसे दूसरे के मुंह पर जूता मार रहे हों। मगर कैसी नरमी और नम्रता थी उस देने में। शायद उस समय मैं नोट नहीं था—एक नवविवाहिता का आभार-प्रदर्शन था। यूं तो अब तक मैं हज़ारों हाथों से गुज़रा हूं मगर मैं उस नववधू के उस पवित्र स्पर्श को कभी नहीं भूल सकूंगा जब मुझे उसने अपने कंपकंपाते हाथों से उस भाजी वाली के हवाले किया था। मुझे ऐसा लगा जैसे उस समय मेरे आवारा जीवन की सारी गंदगी धोई गई है और मैंने फिर से जन्म लिया है।

छः

शाम को घर जाते समय भाजी वाली ने उग्रसेन बनिये से मिट्टी के तेल की एक बोतल खरीदी और मुझे उसके हवाले कर दिया। बनिये ने दुकान बन्द करके घर जाने की बजाय तृप्ति के घर की राह ली। तृप्ति को उग्रसेन हर महीने डेढ़ सौ रुपया देता था और डेढ़ सौ रुपया उसका दोस्त शान्तिलाल देता था। शांतिलाल भी एक बनिया था और उसी बाज़ार में तीस-चालीस दुकानें छोड़कर उसकी भी दुकान थी।

उग्रसेन और शान्तिलाल की दोस्ती अजीब ढंग की दोस्ती थी। दोनों मिलकर एक रखैल को पाल रहे थे और सप्ताह के दिन बांट लिए थे। दोनों मिलकर कभी ठेका भी लेते। कभी अलग होकर एक-दूसरे को काटने की कोशिश करते। कभी एक जीत जाता कभी दूसरा ; कभी दोस्ती हो जाती कभी दुश्मनी ; और उनका यह नाता मुहब्बत और नफरत के बीच डोलता रहता।

आजकल उग्रसेन शान्तिलाल से कुछ ज़्यादा ही नाराज़ था।

शान्तिलाल ने मिलिट्री को घी सप्लाई करने के लिए पौने दो लाख की बोली देकर वह ठेका ले लिया था, जो दो लाख में उग्रसेन के पास था। और चार साल से उसीका टेंडर मंज़ूर हो रहा था। पच्चीस हज़ार घटाकर शान्तिलाल ने मानो उग्रसेन की पीठ में भाला मारा था। तरह-तरह से उग्रसेन इस चोट को भूलने की कोशिश करता, पर शान्तिलाल की ओर से उसका दिल साफ न हुआ। इसलिए जब वह तृप्ति के घर पहुंचा और उसने शान्तिलाल को पहले से बैठा हुआ पाया और उसको तृप्ति और उसकी दस साल की छोटी बहन सोना के साथ पत्ते खेलते हुए देखा तो उसका गुस्सा और भी भड़क गया। गरजकर बोला—"आज तो मेरी बारी है।"

"नहीं, मेरी बारी है।" शान्तिलाल बड़े इत्मीनान से पत्ता चलते बोला।

"तुम झूठ बोलते हो।"

"मैं झूठ नहीं बोलता"—शान्तिलाल ठण्डे मिज़ाज का आदमी था। धैर्य से बोला—"तुम्हारी बारी तो कल थी—पूछ लो तृप्ति से।"

तृप्ति के लिए बड़ी मुश्किल थी। एक को खुश करती है तो दूसरा हाथ से जाता है। दूसरे को खुश करती है तो पहला नाराज़ हो जाता है। उसने एक हाथ से शान्तिलाल का हाथ ज़ोर से दबा दिया और उग्रसेन की तरफ झुककर बोली—"उग्रू! तुम तो सच-मुच कल आने वाले थे—मैंने बहुत देर तुम्हारी राह देखी। कल तो मैंने तुम्हारे लिए खोया डालकर खीर बनाई थी, मगर तुम आए ही नहीं।" इतना कहकर तृप्ति ने एक तरफ के गाल से अपना गाल लगा दिया और दूसरी तरफ शान्तिलाल के हाथ पर ज़ोर से चुटकी काटी, गोया उससे कह रही है—देखो तो कैसा बनाती हूं।

उग्रसेन तृप्ति के गालों का स्पर्श पाकर प्रसन्न हुआ। क्रोध पर काबू पाते हुए बोला—"कल तो रामनवमी थी—मैं कैसे आता? तुम्हें तो मालूम है कि त्यौहार के दिन घर वाली मुझे कहीं जाने नहीं देती।"

"मुझे क्या मालूम"—तृप्ति ने इठलाकर कहा—"अपने घर तो हर रोज़ त्यौहार रहता है।"

शान्तिलाल भी हंसकर बोला—"बैठकर आराम से दो घंटे हमारे संग पत्ते खेलो—कल आ जाना।"

"हां। कौन-सी मैं भागी जा रही हूं।"

तृप्ति ने एकाएक उग्रसेन से अलग होकर अपना बदन छुड़ा लिया और अपनी बड़ी-बड़ी आंखें बार-बार झपककर बड़ी अदा से उग्रसेन की तरफ देखने लगी।

शान्तिलाल ने ठर्रे की दूसरी बोतल मंगाई और चारों ताश खेलने लगे एक आना पाइंट। ताश खेलते-खेलते उग्रसेन हारने लगा। इसपर शान्तिलाल ने मुस्कराकर यह सूचना दी कि उसने मिलिट्री को अनाज सप्लाई करने का ठेका भी ढाई लाख का टेंडर भरकर हासिल कर लिया है। इसपर उग्रसेन भौंचक्का रह गया। थोड़ी देर तक चुपचाप शान्तिलाल को घूरता रहा, फिर पत्ते फेंककर बोला—"यह खबर, कि ठेका खाली है, सबसे पहले मैंने तुम्हें दी थी और उसी रोज़ यह भी तय हुआ था कि हम दोनों मिलकर इसका टेंडर भरेंगे।"

"इसके बाद तुमने इस सिलसिले में कोई बातचीत नहीं की", शान्तिलाल ने उत्तर दिया—"तो मैं समझा, तुम्हारा इरादा बदल गया है, इसलिए मैंने अपनी तरफ से टेंडर भर दिया।"

"पर,तुझे तो कहा था कि मैं सात दिन में सोचकर बताऊंगा।" उग्रसेन गुस्से से बोला।

"कहा होगा, मैं भूल गया हूंगा।" शान्तिलाल भी गर्म होकर बोला—"कौन-सी बात है इसमें मिर्चें लगने की? टेण्डर तो खुलते ही रहते हैं, तुम अगले साल टेण्डर भर देना।"

वास्तव में टेण्डर तो उग्रसेन ने भी भरा था। पर शान्तिलाल को नहीं बताया था। वह शान्तिलाल को साझेदारी के चकमे में रखना चाहता था और खुद अपना टेण्डर अकेले भरकर मंज़ूर करवा लेना चाहता था। मगर यहां पर भी शान्तिलाल ने उसे मात दे दी। क्रोध तो उसे बहुत आया पर करता क्या? दांत पीसकर रह गया। बोला—"मैं घर जाता हूं, तुम बोलो, कितना हारा मैं?"

"इक्कीस रुपये।" शान्तिलाल ने कहा।

"इक्कीस रुपये नहीं, ग्यारह रुपये होते हैं।" उग्रसेन बोला।

"नहीं, इक्कीस रुपये होते हैं, हिसाब कर लो।"

"हिसाब क्या करूं मुझे सब याद है—पकड़ो अपने ग्यारह रुपये।"

"ग्यारह रुपये नहीं, पूरे इक्कीस रुपये लूंगा। चाहो तो हिसाब कर लो।"

"हिसाब करूंगा मैं तुम्हारे ऐसे बेईमान से जो दोस्त बनकर धोखा देता है।" इतना कहकर उग्रसेन दस रुपये के एक नोट को यानी मुझे शान्तिलाल की तरफ फेंककर बोला—"मैं थूकता भी नहीं तुम्हारे ऐसे गन्दे हिसाबिये पर।"

शान्तिलाल भी गुस्से में उठ खड़ा हुआ, उसका काला मुंह गुस्से से और भी काला पड़ गया था—"तुमने मुझे बेईमान कहा? मुझ-पर थूकते हो? तो मैं तुम्हारे दस रुपये के नोट पर पेशाब करता हूं।" इतना कहकर शान्तिलाल उसी कमरे के एक कोने में गया और अपनी धोती की एक लांग खोलकर और सबकी तरफ पीठ करके उसने मुझपर पेशाब कर दिया। फिर उठकर और मुड़कर

और उग्रसेन की तरफ इशारा करके बड़ी शेखी से कहा— "वो पड़ा है तुम्हारा दस का नोट, जब जी चाहे उठा लेना।"।

सहसा उग्रसेन ने उठकर कुर्सी अपने हाथ में ले ली जिसपर वह बैठा हुआ था। मगर तृप्ति ने आगे बढ़कर कुर्सी उसके हाथ से छीन ली।

"क्या करते हो? क्या करते हो?"—वह गुस्से से चिल्लाकर बोली—"मेरे घर में कोई दंगा नहीं होगा—यह शरीफों का मुहल्ला है—क्या तुम चाहते हो मेरे घर में पुलिस आए? मुझे और तुम दोनों को पकड़ ले जाए।"

पुलिस का नाम सुनते ही उग्रसेन कुछ ठण्डा पड़ा। तृप्ति ने उसकी कमर से लिपटकर उसको और भी ठण्डा किया। वापस उसी कुर्सी पर बिठाया—शान्ति को घूरा और डांटा। उसे पकड़कर बाथ-रूम में ले गई। उसके मुंह पर पानी के छींटे मारे। उसे नीबू का पानी पिलाया, क्योंकि शान्तिलाल ठर्रे की एक पूरी बोतल खत्म कर चुका था और अब उग्रसेन के साथ दूसरी बोतल पी रहा था। बाथरूम से निकालकर वह शान्तिलाल को अपने बेडरूम में ले गई जहां चन्द मिनट के बाद उसके शराबी खर्राटों की आवाज़ आने लगी।

उग्रसेन ने ऊपर से तो अपने-आपपर काबू पा लिया था पर अन्दर से वह अभी तक खौल रहा था। कई बार वह घर जाने के लिए तैयार हुआ, मगर तृप्ति और सोना ने उसे नहीं जाने दिया। तृप्ति के इशारे पर सोना उग्रसेन की गोद में बैठ गई और उसके गले में बांहें डालकर बोली—"मुझे एक नया फ्रॉक ले दो।"

"शान्तिलाल से बोलो।"—उग्रसेन ने तुरन्त जवाब दिया। अभी उसका गुस्सा दूर नहीं हुआ था।

"वे नहीं लेके देते।"—सोना ने कानाफसी करते हुए कहा—"बड़े कंजूस हैं।"

शान्तिलाल की बुराई से उग्रसेन का मूड अच्छा हो गया। सोना का कंवारा, छरहरा बदन उसकी छाती से लगा था, यह बदन जो चार-पांच साल बाद पूरी औरत की तरह भर जाएगा। देखने से लगता है कि जवान होकर सोना तृप्ति से अधिक सुन्दर निकलेगी। उग्रसेन ने यह सोचकर बीस रुपये निकाले और सोना को देकर बोला—"वह साला क्या देगा—धोखेबाज़—लो एक अच्छा-सा फ्रॉक ले लेना।"

सोना ने बीस रुपये जेब में डाले, बड़ी होशियारी से अपनी बड़ी बहन तृप्ति को आंख मारी, उछलकर उग्रसेन की गोद से उतर गई और उग्रसेन के सामने की कुर्सी पर बैठकर उससे कहने लगी—"मेरे साथ दस बाज़ी पत्ते की खेलो।"

"खेलने की शर्त तय करो।"—उग्रसेन ने कहा।

सोना बोली—"अगर तुम हारे तो जो रकम तुम हारोगे वह सब मैं तुमसे ले लूंगी।"

"यह तो ठीक है।" उग्रसेन ने हंसकर कहा—"और अगर मैं जीत गया तो?"

"तो जो रकम तुम जीतोगे, वह मैं ले लूंगी"—यह बात सोना की बड़ी बहन तृप्ति ने उग्रसेन के पास आकर कही।

"यानी चित भी तुम्हारी और पट भी तुम्हारी?"—उग्रसेन खुलकर हंसा। उसका सारा क्रोध दूर हो गया। पत्ते फेंटते हुए बोला—"चलिए साहब। हम यह दोनों शर्तें स्वीकार करते हैं।"

पहली पांच बाज़ियों में वह आठ रुपये हारा, वे फौरन सोना ने धरवा लिए। अगली पांच बाज़ियों में वह बारह रुपये जीत गया, वे तृप्ति ने रखवा लिए। फिर उसकी नज़र मुझपर पड़ी। वह अपनी कुर्सी से उठकर मेरी तरफ आया। मैं अब सूख गया था, उसने अपनी दो अंगुलियों के नाखूनों की मदद से मुझे उठाया और बोला—

"यह धन तो लक्ष्मी है इसका ऐसा अपमान मैं सहन नहीं कर सकता।"—इतना कहकर वह मुझे बाथरूम में ले गया और टोंटी खोलकर बड़ी सावधानी से मुझे धोने लगा।

"लाओ इसपर मैं इस्त्री कर दूं।"—तृप्ति बोली—"अभी सूख जाएगा।"

एक कपड़ा मेरे ऊपर रखकर तृप्ति ने लोहे से इस्त्री की। थोड़ी देर में मैं एक साफ-सुथरे सूखे कुरकुरे नोट की तरह उग्रसेन की जेब में था। चलते-चलते उग्रसेन ने तृप्ति से कहा— "तुम कल से इस कमबख्त शान्तिलाल का आना-जाना यहां बन्द कर दो। मैं अकेला ही तुम्हें तीन सौ रुपया दे दिया करूंगा।"

"कल तुम आ रहे हो न?" तृप्ति बड़े प्यार से उसकी कनपटी के बालों से खेलती हुई बोली—"कल पक्की बात कर लेंगे।"

"बहुत अच्छा"—कहकर उग्रसेन तृप्ति से अलग हुआ। लेकिन उसे रात-भर नींद न आई। दूसरे दिन जब वह दुकान बन्द करके तृप्ति के घर जाने ही वाला था कि शान्तिलाल का फोन आया।

"हैलो।"

"हैलो! गुलशन भाई।"

दूसरी ओर शान्तिलाल बड़े रमणीय स्वर में कह रहा था—"ऐसा है। मैंने आज से तृप्ति को चार सौ रुपये महीने पर रख लिया है, तुम आज से वहां मत जाना—समझे मेरे भाई।"

उग्रसेन का खून खौलने लगा तथा उसने कोई उत्तर दिए बिना ही टेलीफोन बन्द कर दिया। थोड़ी देर तक गुस्से में टहलता रहा, बड़बड़ाता रहा, दांत कटकटाता रहा। अन्त में जल्दी से दुकान बन्द करके बंसी दादा के अड्डे पर चला गया। बंसी दादा देखकर हैरान रह गया।

"सेठ। तुम, आप क्यों आए, किसीको भेजकर मुझे बुलवा

लिया होता।”

“काम ही ऐसा था।”

“हुक्म करो!”

“अकेले में बात करूंगा।” बंसी दादा उसे कमरे में ले गया। उग्रसेन ने अपनी जेब से नोटों से भरा हुआ बटुआ निकाला और बंसी दादा को दिखाकर बोला—“शान्तिलाल को खलास करना मांगता। बोलो क्या लेगा?”—वह देखने लगा।

“काम नहीं करने का हो तो भी बोलो।”

“नहीं, नहीं काम क्यों नहीं करने का है, काम की तो रोटी खाता है।”—दादा जल्दी से बोला—“पर ऐसा है कि बहुत मुश्किल काम है, बहुत पैसा लगेगा।”

“तुम बोलो तो।”

“एक हज़ार में खलास करेंगा।”

उग्रसेन ने बटुआ खोलकर उसमें से आठ सौ के नोट निकाले, सब दस के नोट थे, क्योंकि सौ के नोट देने में पहचान का डर है। बंसी दादा ने आठ सौ लेने से इन्कार कर दिया। बोला—“ऐसा है सेठ, ये काम हम किसी दूसरे अड्डे वाले से कराएगा क्योंकि लोकल अड्डे वाले को पुलिस सबसे पहले पकड़ेंगा, इसलिए किसी दूसरे अड्डे वाले को ये काम देंगा, उसकी खातिरी के लिए बहुत पैसा देना पड़ेगा—एक हज़ार से कम में नहीं होगा—हम जास्ती नहीं मांगता है, अपने को तो इस काम में एक पैसा प्राफिट नहीं मिलने वाला है, हम जो भाव तुमसे तय करेगा उसी भाव पर शान्तिलाल को आगे उठा देगा। अपने को एक पैसा नहीं मिलने वाला है इस धन्धे में।”

उग्र सेस ने दो सौ के नोट और गिनकर दिए। मैं अब बंसी दादा की जेब में था। जब उग्रसेन चला गया तो बंसी दादा ने अपने

नायब सफदर खां को बुलाया और उसे छः सौ के नोट देकर सब मामला समझाकर कहा—तुम यह मामला जोगेश्वरी अड्डे के करतारसिंह को दे दो। हमने एक आदमी को उसके कहने पर खलास किया था, उसपर हमारा खून वाज़िब है। उसको बोलो, उसके बदले में शान्तिलाल को खलास करके हमारा उधार चुका दे।"

"नहीं दादा।"—सफदर खां बोला—"ये बड़ा टेढ़ा धन्धा है। करतारसिंह मुफ्त में खलास नहीं करेगा।"

"हम कहां मुफ्त की बात करता है। छः सौ तुमको दिया नहीं है क्या? करतारसिंह से बात कर लो। हम आज रात पूना जाता है। दो दिन के बाद लौटेगा—इतने में धन्धा निपटा दो।"

"अच्छा दादा।"

जब बंसी दादा अपनों 'ऐलीबी' (साक्ष्य) पक्की करने के लिए पूना चला गया तो सफदर खां ने उन छः सौ रुपयों में से तीन सौ के नोट करतारसिंह को देकर उससे मामला पक्का कर लिया। अब मैं सफदर खां की जेब से निकलकर करतारसिंह की जेब में था। करतारसिंह ने अपने अड्डे में पहुंचकर अपने नायब चमकू को बुलाया। उसे पचास रुपये दिए और बाकी के ढाई सौ लेकर खुद लोना वाला चला गया। चमकू ने बदलू को बुलाया। बदलू नाटे कद का फूली हुई नाक और छोटी-छोटी आंखों वाला दस-ग्यारह साल का लड़का था। देखने से लगता था कि जब से पैदा हुआ है फाके काटता आया है। सांवला, दुबला, सूखा, ठुण्ठ। गर्दन ज़रा आगे को बढ़ी हुई। चलते समय उसका सिर एक सूखी डाली पर एक सूखे हुए फल की तरह बार-बार हिलता था। उसकी मां एक आधी पागल अंधी बुढ़िया थी और बाप कत्ल के एक झूठे मुकद्दमे में फंसकर फांसी पा चुका था। दो बहनें थीं। एक सात साल की, एक पांच साल की। यानी कि दोनों की उम्र इस कदर कम थी कि वे

फारस रोड पर खुद से धंधा करके अभी कमा भी नहीं सकती थीं। इसलिए घर में सबसे बड़ा बदलू था और उसे ही सब कुछ करना पड़ता था। चाहे कैसे भी करे। वह एक गहरी काली ज़ंग खाई हुई बदबूदार दुनिया में रहता था जहां रोशनी की एक किरण अचानक बिजली की एक लपक की तरह आती थी और कुछ पलों के बाद उसकी दुनिया में पहले से भी ज़्यादा अंधेरा छोड़ जाती थी। और कोई दूसरी दुनिया वह जानता नहीं था। भिखारिनें, वेश्याएं, दलाल, पाकिटमार, स्मगलर, चोरी से दारू उतारने वाले, मोटरें चुराने वाले, ताला तोड़ने वाले, टायर गायब करने वाले, चरस, भांग, कोकीन, अफीम बेचने वाले—यही उसकी दुनिया के बासी थे। और वह किसी ओर-छोर को समझे बिना ही पल-पल जिए जाता था और किसी न किसी तरह अपनी अन्धी मां और दो छोटी बहनों का पेट पालता जाता था। इसके आगे वह कुछ देख भी नहीं सकता था, क्योंकि उसके चारों ओर एक भयानक, ज़हरीला दलदल का पीला मटमैला गुबार छाया हुआ था।

सात

शायद उसके बाप ने उसका नाम बादल रखा होगा। पर वह ऐसा बादल था जो कभी बरस न सका। इसलिए वह बादल से बदलू हो गया। और जब हालात और बदले तो उसका नाम केवल 'छु' पड़ गया। शक्ल से भी वह छछूंदर की तरह दिखाई पड़ता था। चमकू उसे सिर्फ 'छू' कहता था। क्योंकि छछूंदर कहने में बहुत समय लगता है। इतने समय में तो किसीका बटुआ साफ किया जा सकता है।

"काए छू?"—चमकू बदलू को एक समय से चाकू चलाने का अभ्यास करवा रहा था। बदलू कुछ नहीं बोला, सलाम करके खड़ा हो गया।

"बड़ा धन्धा करेगा?"

बदलू की आंखें लालच में चमकने लगीं। गुंडों की आशा में केवल एक बड़ा धन्धा है—कत्ल—बाकी सब छोटे धन्धे हैं। और जिस संसार में बदलू रहता था उस संसार में कातिल, हत्यारे से

अधिक किसी और को आदरणीय व्यक्ति नहीं समझा जाता। दादा का जो गुंडा एक बार सफल 'खून' करके आ जाए उसका अड्डे पर बड़ा सम्मान होता था। परमवीर चक्र प्राप्त करने वाले का भी क्या होता होगा।—पूरा दस रुपया मिलेगा।

बदलू खुशी से चौंक गया। अब तक दिन में भाग-दौड़ करके बड़ी कठिनाई से रुपया, सवा रुपया होता था। कभी दस-बारह आने ही, कभी फ़ाका भी। आज पूरे दस रुपये मिलेंगे।

"वो भी एडवांस में।"—चमकू ने और लालच दिया।

बदलू के चेहरे पर ऐसी चमक नज़र आई जो नेक से नेक काम करने वाले के चेहरे पर भी आजकल नहीं दिखाई देती।

"चाकू है तेरे पास?"—चमकू ने पूछा। बदलू ने उत्तर में चाकू निकाला।

"तो आजा मैदान में।"—चमकू ने भी अपना चाकू निकाला—"आज तेरी ट्राइल लेता हूं।"—अगले पन्द्रह-बीस मिनटों में गुरु-चेला जमकर लड़े किन्तु बदलू ने हर वार खाली कर दिया और मौका पाकर अपने चाकू से चमकू की छाती को छू लिया। चमकू ने अपने चाकू का फल तह करके चाकू वापस जेब में डाल दिया। चमकू बदलू की पीठ थपथपाते हुए बोला—"ट्राइल में तुम ठीक रहा,पर, अब असल मौके पर कैसा काम करता है ये देखने का है। चल मेरे साथ।"

चमकू ने बदलू को तृप्ति का घर दिखा दिया। शान्तिलाल का घर भी दिखा दिया। वह रास्ता भी बता दिया जिस रास्ते शान्तिलाल रात के बारह, एक, दो बजे तृप्ति के घर से निकलकर पैदल चलता हुआ अपने घर जाता था। पन्द्रह मिनट का रास्ता था। इन्हीं पन्द्रह मिनट में बदलू को शान्तिलाल को खलास करना था। सब काम समझाकर और 'मुझे' बदलू के हवाले करके शेष चालीस

रुपये अपनी जेब में रखकर चमकू वहां से चला गया। उस रात कोई तीन बजे का समय होगा। जब शान्तिलाल तृप्ति के घर से निकला तो वह बहुत प्रसन्न था। दो बड़े कारोबारी धन्धों में उसने उग्रसेन को हरा दिया था। अब तृप्ति के सम्बन्ध में तो जैसे उसने उग्रसेन की नाक ही काट डाली थी। रात एक नर्म सुहाने गिलाफ की भांति उसके चारों ओर लिपटी जा रही थी और वह एक फिल्मी गीत गुनगुनाता हुआ चल रहा था। उसके पीछे-पीछे बदलू दुबका चला आ रहा था।

कई संकरी और अंधेरी गलियां पार करके शान्तिलाल एक खुली सड़क पर आ गया। यहां सड़क के दोनों ओर छोटे-छोटे बंगलों की कतार शुरू हो गई थी। एक ओर आम के घने पेड़ थे, दूसरी ओर कार्पोरेशन वालों ने पाइप बिछाने के लिए एक बहुत बड़ी नाली खोद रखी थी। अभी तक इसमें पाइप नहीं बिछा था।

धीरे-धीरे बदलू अपने और शान्तिलाल के बीच का फासला कम करता जा रहा था, क्योंकि हत्या के लिए यही स्थान उपयुक्त था। यकायक शान्तिलाल रुक गया। बदलू फौरन एक आम के पेड़ के तने के पीछे दुबक गया।

शान्तिलाल ने इधर-उधर देखा, सड़क पर सन्नाटा था। रात चुप थी। शान्तिलाल ने गुनगुनाते हुए अपनी धोती की लांग खोली और सड़क के किनारे सड़क की ओर पीठ करके कार्पोरेशन वालों की खोदी हुई नाली में पेशाब करने लगा।

बदलू को ऐसा लगा जैसे स्वयं शान्तिलाल अपनी हत्या में उसकी सहायता कर रहा है। इससे बढ़िया अवसर नहीं मिल सकता था। बिजली की सी तेज़ी से बदलू आम के पेड़ के पीछे से निकला और सड़क क्रास करते हुए चाकू का फल खोलते हुए शान्तिलाल की तरफ बढ़ा। गहरी उत्तेजना की दशा में बदलू ने आगे बढ़ते

हुए सड़क के किनारे एक पत्थर को नहीं देखा। उससे वह ठोकर खा गया। आहट पाकर शान्तिलाल ने चौंककर पीछे देखा। किन्तु पूर्व इसके कि उसके मुंह से कोई आवाज़ निकल सके, बदलू उसपर कूद गया और दोनों नीचे पाइप से खाली गहरी नाली में जा गिरे। दो-तीन वारों में बदलू ने शान्तिलाल को खत्म कर दिया।

जल्दी-जल्दी बदलू नाली से निकला, जेब को थपथपाया। दस का नोट गायब था। शायद इस झपट में कहीं गिर गया था या शायद नाली के अन्दर जो संघर्ष हुआ था उसमें नीचे कहीं गिर गया होगा। बदलू फिर नाली में उतर गया। जल्दी-जल्दी अंधेरे में इधर-उधर हाथ मारकर 'मुझे' खोजने लगा। बार-बार उसके हाथ में मिट्टी, रोड़े, कंकड़ आ जाते। एक बार उसका हाथ शान्ति के रक्त से भीग गया। जल्दी से बदलू ने अपना हाथ खींच लिया। एकाएक उसकी आंखों में आंसू आने लगे। मेरा दस का नोट-? मेरा दस का नोट—?—वह सिसक-सिसककर अपने-आपसे कहने लगा।

वह ऐसी घुटी-घुटी और पीडा-भरी आवाज़ में रो रहा था जैसे लड़के मैट्रिक की परीक्षा में फेल होकर रोते हैं।

दूर से सड़क पर किसी मोटर की रोशनियां दिखाई देने लगीं। बदलू का हृदय धक् से रह गया। वह शान्तिलाल की लाश से लगकर दुबक गया और जब मोटर गुज़र गई तो उसके पश्चात् भी कई मिनट उसी शव से लगकर मानो बेसुध पड़ा रहा। उसके सारे शरीर में भय की फुरेरियां आ रही थीं। बड़ी कठिनाई से उसने स्वयं को संभाला। नाली से बाहर निकलते ही सरपट भागा। सरपट भागता ही गया। समुद्र की ओर। समुद्र के किनारे पहुंचकर भी वह नहीं रुका। वह कपड़ों के संग ही समुद्र में घुस गया और जब उसके सारे कपड़े गीले हो गए और समुद्र ने उसे चारों तरफ से घेर लिया

तो उसे शान्ति-सी मिली। देर तक वह पानी में घुसा रहा, फिर बाहर निकलकर सुनसान तट की रेत पर औंधे मुंह लेटकर कांपने लगा।

रात की सर्दी और सन्नाटे में शान्तिलाल की लाश नाली की खुश्क मिट्टी पर पड़ी-पड़ी ठिठुरने लगी थी। मैं नाली के बाहर सड़क के किनारे आम की एक बाहर निकली हुई जड़ में लटका था और नीचे शान्तिलाल को मृत औंधा पड़ा देख सकता था।

हौले-हौले रात का अंधेरा दूर होता गया। समुद्र से आने वाली वायु तेज़ चलने लगी। एक वेग-भरे झोंके ने मुझे वहां से उड़ा दिया। मैंने हवा में कलाबाज़ी खाई। कई पटकियां लीं। हवा के तेज़ झोंके और थपेड़े मुझे अपने कन्धे पर तैराते हुए नगर की तंग गलियों की तरफ ले चले। जिधर से शान्तिलाल आया था और जिधर से वह अब कभी न जा सकेगा।

अचानक पहली गली के मोड़ पर मैं एक बूढ़े भिखारी की गोद में जा गिरा जिसने तड़के ही तड़के इक्का-दुक्का चलने वालों को देखकर अपनी विशेष वाणी में बिलखना आरम्भ कर दिया था। बूढ़े भिखारी ने चौंककर 'मुझे' देखा। दृष्टि उठाकर चारों ओर देखा। कोई राही उसके निकट नहीं आया था—फिर यह दस का नोट किधर से आया?

कांपती हुई आंखों से उसने मुझे पहचान लिया तो बूढ़े भिखारी की आंखों में आंसू छलक आए। उसने दोनों हाथ आकाश की ओर उठाकर भक्ति-भाव से कहा—"हे भगवान तू बड़ा दयालु है।"

कोई उसका नाम नहीं जानता था। सब उसे लक्कड़ बाबा कहते थे। लक्कड़ बाबा कण्डाग्राम का रहने वाला था। जब वह कण्डाग्राम में तीन बार मैट्रिक फेल हो चुका तो घर से भागकर बम्बई चला आया। बम्बई आकर उसने हर तरह के पापड़ बेले किंतु

कहीं सफलता नहीं मिली और जब फाकों पर फाके लगे तो उसने हार मान ली और फकीर बन गया।

आज से बीस वर्ष पूर्व तन्दराओं की गुफाओं की यात्रा करते समय उसे लकड़ी की एक मूर्ति मिली थी। केवल सर, मुख, गर्दन और बाएं कन्धे का एक अंश शेष था बाकी सारा शरीर गायब था। उस लक्कड़ मूर्ति का मुख बहुत भयानक किन्तु विचित्र ढंग से आकर्षक था कि देखते ही आंखों को अपनी ओर खींच लेता था। सर पर जटा, माथे पर तेवरियां, बड़ी-बड़ी फैली हुई आंखें और खुले हुए होंठ जिनके भीतर हाथीदांत के दांत लगे हुए थे। गर्दन पर नाग के फन का एक हिस्सा बचा था जिससे विचार उठता था कि यह लड़की का बुत सम्भवतः शिव का है और उस समय के भाव मूर्ति के मुख पर अंकित थे जब शिव क्रोध में आ गए थे और संसार को भस्म करने पर तुल गए थे।

लक्कड़ बाबा ने दाढ़ी बढ़ा ली। गेरुए वस्त्र धारण किए। काले रंग की बड़ी-बड़ी मालाएं अपने गले में डाल लीं और इस गली के नुक्कड़ पर जामुन के पेड़ के नीचे आ बैठा। उसने बहुत-से छोटे-बड़े पत्थर एकत्रित करके इस पेड़ के नीचे एक मन्दिर बनाया और मूर्ति के मुख पर सिन्दूर मलकर उसे मन्दिर के अन्दर रख दिया। सुबह-सवेरे जब सूर्य की पहली किरणें उसके मुंह पर पड़तीं तो सिन्दूरी रंग का लकड़ी का चेहरा वास्तव में क्रोध और आवेश में घूरता प्रतीत होता। उसपर लक्कड़ बाबा देवल के चरणों में बैठे-बैठे कभी-कभी अपना ज़ंग लगा बड़ा-सा चिमटा उठाते और दो-तीन बार धरती पर ज़ोर से पटककर कहते—"जला डालूंगा—भस्म कर दूंगा।" यह भयानक आवाज़ सुनकर और शिव का तेज से भरा मुख देखकर लोग राह चलते रुक जाते और झुककर देवल को दण्डवत् करते और अपनी हैसियत के अनुसार चढ़ावा भी चढ़ाते। पहले ही

दिन देवल में चार रुपये का चढ़ावा चढ़ा। दो महीने पश्चात् लक्कड़ बाबा इस योग्य हो गया कि कण्डाग्राम में अपनी पत्नी को साठ रुपये का मनीआर्डर कर सके। पांच सालों में यह पहली कमाई थी जो उसने पहली बार अपनी जीवन-संगिनी को भेजी थी। लक्कड़ बाबा के माता-पिता ने बचपन में ही उसका विवाह कर दिया था। जब वह कण्डाग्राम से भागकर बम्बई आया तो अपनी पत्नी की गोद में एक छोटी-सी लड़की छोड़कर आया था। जामुन के पेड़ के नीचे का लक्कड़ देवल आसपास के इलाके में बहुत प्रसिद्ध हो गया, विशेष-कर मराठी जनता में—इसी लक्कड़ देवल के कारण लोग उसे लक्कड़ बाबा कहने लगे थे। लक्कड़ बाबा ने जान-बूझकर एक पागल-सी धज बना ली थी और रात-दिन मराठी में अंटशंट बोलता रहता था, जिसका अर्थ सट्टे वाले अपने ढंग का लगा लेते थे। इसी-लिए दूर-दूर से सट्टेबाज़ इस देवल के बाबा की पागलों-जैसी हरकतों और बातों से नम्बर निकालने आते थे।

इन बीस वर्षों में लक्कड़ देवल और लक्कड़ बाबा दोनों बहुत प्रसिद्ध हो चुके थे। यह इलाका बहुत गरीब था। फिर भी पन्द्रह-बीस रुपयों का चढ़ावा रोज़ चढ़ता था। हर मास लक्कड़ बाबा अपने गांव अपनी पत्नी को दो सौ रुपया मनीआर्डर करता था और दूसरे-तीसरे साल काशी-यात्रा का बहाना करके कंडाग्राम में भी जाता था जहां उसने यह मशहूर कर रखा था कि वह लंका में ड्राई फ्रूट का धंधा करता है। इन बीस वर्षों में उसने अपनी लड़की का विवाह करा दिया। दो लड़के और भी हो गए थे। एक मैट्रिक में पढ़ता था और दूसरा कालेज में दाखिल हो चुका था। जीवन सुन्दर ढंग से बीत रहा था। अगर वह पढ़-लिखकर आई०ए०एस० भी बन जाता तो क्या इससे ज़्यादा पा लेता?

फिर भी उसके मन को शांति नहीं थी। जब वह पचास के पेटे

में आया तो उसने इस धंधे को छोड़ने की सोची। किन्तु उसकी पत्नी नहीं मानी। लड़के पढ़-लिखकर काम से लग जाएं तो छोड़ना। कौन मूर्ख होगा जो अपनी लगी-लगाई रोज़ी पर लात मारता है? उसकी पत्नी किसी प्रकार अपना दो सौ रुपये का मनीआर्डर छोड़ने को तैयार नहीं थी।

फिर चमेली भी था। क्योंकि हर पुरुष को चाहे वह फकीर ही क्यों न बन जाए, सेक्स भी चाहिए;और वह कहीं दूसरे-तीसरे साल ही कंडाग्राम जा सकता था इसलिए अब चमेली उसकी ज़िन्दगी में आ चुका थी। सुशील, शांत स्वभाव की विधवा थी। उसकी दो लड़कियां पहले पति से थीं और वह बेचारा इनके लिए एक छदाम भी न छोड़ गया था। लक्कड़ बाबा उसे भी एक सौ रुपया महीना देता था। मामला इतनी खामोशी, होशियारी और राज़दारी से चल रहा था कि कोई उनपर संदेह भी नहीं कर सकता था। चमेली भी किसी प्रकार अपने सौ रुपयों से मुंह मोड़ने के लिए तैयार नहीं थी।

किन्तु बीस वर्ष से एक ही स्थान पर बैठे-बैठे लक्कड़ बाबा अपने जीवन से ऊब चुका था। बहुत दिनों से उसका मन भ्रमण करने को बेचैन होने लगा था। उसका दिल देश से बाहर उन मुल्कों की सैर करने को चाहता था जहां अब भी प्राचीन हिन्दू संस्कृति के चिह्न मिलते हैं। बाली का टापू, थाईलैंड और अंकुरवट के पुराने मंदिर और बैंकाक के पगोडा उसकी नज़रों में तैरते और वह उन्हें देखने के लिए उतावला हो उठा। काफी समय से वह अपने देबल की आमदनी का एक भाग देवल के नीचे भूमि में मिट्टी की एक हांडी में दबा रहा था। इसी हांडी में उसने 'मुझे' भी डाल दिया, जहां मेरी तरह के भाई-बंद जाने कब से कैद थे। मनुष्य और नोट उसी समय तक किसी मूल्य के समझे जाते हैं, जब तक काम

करते हैं, चलते-फिरते हैं, हरकत करते हैं और मेहनत करते हैं। वरना मनुष्य मांस का एक लोथड़ा है और नोट केवल क़ागज़ का एक पुर्ज़ा। इस सत्य का सही आभास मुझे उस हांडी में हुआ जहां मैं पांच साल तक कैद रहा। क्या बताऊं उस हांडी की सुकड़ी और अंधियारी कालकोठरी में से मैं बाहर की खुली हवा में आने और आदमियों के हाथों में घूमने को कितना उत्सुक था। मगर मैं अपने भाई-बन्दों के साथ जमा हो रहा था और यहीं पांच साल तक इस घुटे-घुटे वातावरण में रहने के पश्चात् मुझे मालूम हुआ कि धन का इस प्रकार जमा होना कि वह केवल एक ही व्यक्ति तक सीमित हो जाए—यह क्रिया कितनी सीमित और दुर्गन्ध से भरी है। उस हांडी में अब तक तीस हज़ार की रकम जमा हो चुकी थी। लक्कड़ बाबा का विचार चालीस हज़ार तक जमा करके अचानक भ्रमण करने के लिए निकल जाने का था। सम्भव है चालीस हज़ार तक होने में मुझे पांच साल और कैद रहना पड़ता। मगर इतने में लक्कड़ बाबा अचानक बीमार पड़ गया। लक्कड़ बाबा का स्वास्थ्य प्रायः ठीक ही रहता था और वह कभी-कभी बीमार पड़ता भी था तो किसी दवा का प्रयोग नहीं करता था। उसके शरीर का रक्त-प्रवाह इतना शक्तिशाली था कि वह अपने-आप ही ठीक हो जाता था। इस बार भी उसने ऐसा ही किया। कोई दवा नहीं खाई। मगर दिन पर दिन गुज़रते गए, वह अच्छा नहीं हुआ। उसकी छाती का दर्द बढ़ता गया और दिन-रात खांसते-खांसते वह दुर्बल ही होता गया।

चमेली उसकी दिन-रात सेवा करती थी। एक और भक्त भी आता था, उसका नाम जगन्नाथ था। वह एक फिल्मी एक्स्ट्रा था। मगर फिल्म में काम न मिलने और काम मिलने पर पैसा न मिलने और लगातार फाकों का शिकार होते-होते उसने लक्कड़ बाबा का चेला बनने में अपनी भलाई समझी। वह भी बाबा की सेवा दिन-रात करने के

लिए तैयार था। मगर लक्कड़ बाबा उसे जामुन के पेड़ के नीचे सुलाने के लिए तैयार न था, इसलिए वह केवल दिन में उपस्थित रहता था। शाम होते ही लक्कड़ बाबा उसे वहां से भगा देते थे।

चमेली ने बार-बार आग्रह किया कि वह किसी डाक्टर को दिखाए। एक बार तो वह स्वयं डाक्टर को लेकर आ गई। परन्तु लक्कड़ बाबा ने डाक्टर को दिखाने से इन्कार कर दिया। जगन्नाथ भी इलाज पर बहुत ज़ोर दे रहा था। मगर बाबा किसीकी नहीं सुनता था। अंततः जब ताप सीमा से बढ़ गया तो चमेली और जगन्नाथ दोनों जाकर डाक्टर को बुला लाए। डाक्टर ने आकर रोगी को अच्छी तरह उलट-पुलटकर देखा और मुंह लटकाकर बोला— "इसे तो डबल निमोनिया है। दशा बहुत बिगड़ चुकी है। कह नहीं सकता कि बचेगा भी कि नहीं। अगले चौबीस घण्टे इसपर बहुत भारी हैं। इंजेक्शन लगा देता हूं, दवा भी लिख देता हूं। बहुत देखभाल की आवश्यकता है।" लक्कड़ बाबा चौबीस घण्टे के बजाय अड़तालीस घण्टे और काट गया, किन्तु अच्छा नहीं हुआ। दशा बिगड़ती ही गई। इस काल में दो डाक्टर बदले गए किन्तु दोनों ने निराशा प्रकट की। अन्तिम डाक्टर ने तो सिर हिलाकर यहां तक कह दिया— "रोगी अब 'कोमा' में चला गया है इसके बचने की कोई आशा नहीं है। दो दिन और कट जाएं, किन्तु इससे अधिक जीवित नहीं रहेगा। बचने की कोई आशा नहीं है।"

संयोग से जिस दिन डाक्टर यह कहकर चला गया उसी दिन नगर में एक बहुत बड़ा जुलूस निकला। हुआ यह कि जब महाराष्ट्र अलग से राज्य बनाया गया उस समय कण्डाग्राम नगर और उसके आसपास का इलाका महाराष्ट्र में सम्मिलित नहीं किया गया था। पहले की तरह मैसूर ही के इलाके में शामिल रहा, जबकि उस इलाके की अधिकतर आबादी मराठों की थी। स्वयं लक्कड़ बाबा

मराठा था। मराठे एक काल से कंडाग्राम को महाराष्ट्र के इलाके में मिलाने पर ज़ोर दे रहे थे और कर्नाटक के लोग कंडाग्राम के शहर और आसपास के इलाके को अपने प्रांत से बाहर जाने देने पर तैयार न थे। दोनों ओर बहुत तनातनी थी और सभाओं, जुलूस, पत्थर-बाज़ी और पर्चा-कार्यवाइयों से नगर के लोगों की भावनाएं इस सीमा तक भड़क चुकी थीं कि उन्होंने आज नगर बन्द करके एक शानदार जुलूस निकालने का निर्णय कर लिया था।

उधर जुलूस भिन्न-भिन्न आबादियों से गुज़रता हुआ लक्कड़ देवल के निकट पहुंच रहा था, इधर लक्कड़ बाबा हजियान की हालत में कुछ कहने की चेष्टा कर रहा था। कहीं पर वह अपनी उप-चेतनता में अपने घर को याद कर रहा था जो उसके बाल-बच्चों से सम्बन्धित था। कहीं पर उसकी दृष्टि के सामने वह हंडिया घूम रही होती जिसमें उसकी जीवन-भर की कमाई बंद थी। परन्तु रोग ने अन्तिम बिन्दु पर पहुंचकर उसकी सारी चेतना उससे छीन ली थी। बार-बार हजियान की दशा में जो शब्द उसके मुंह से निकलते वह सारे समझ में नहीं आते। बार-बार यही समझ में आता और सुनाई देता—कंडाग्राम—कंडाग्राम।

जुलूस के नारे अब निकट आ गए थे और साफ-साफ सुनाई देते थे:

"कंडाग्राम।"

"लेके रहेंगे।"

"कंडाग्राम।"

"लेके रहेंगे।"

"कंडाग्राम।"

"महाराष्ट्र का है।"

"कंडाग्राम को।"

"मैसूर से छीनके रहेंगे।"

"हंसके लिया।"

"महाराष्ट्र धाम।"

"लड़के लेंगे।"

"कंडाग्राम।"

लक्कड़ बाबा की लाल आंखों में एक हल्की-सी चमक पैदा हुई। बहुत प्रयत्न करने के पश्चात् उसके मुख से निकला—"कंडा-ग्राम।"

जुलूस में चलने वाले लोग लक्कड़ बाबा के पास रुक गए। उनमें बहुत-से जोशीले सरफिरे युवक थे। उन्होंने जब लक्कड़ बाबा के मुख से कंडाग्राम का नाम सुना तो बहुत प्रसन्न हुए। एक-दूसरे से कहने लगे—"साधू बाबा भी हमारे साथ है—कंडाग्राम का नाम लेता है।"

"कंडाग्राम! ज़िन्दाबाद!!"

"आगे जाओ—आगे जाओ।"—चमेली भीड़ को हटाने का प्रयत्न करती हुई बोली—"लक्कड़ बाबा बहुत बीमार हैं। बुखार उनके सर पर चढ़ गया है। ऐसे ही बोलता है।" परन्तु बुखार तो इन नवयुवकों के सर को भी चढ़ गया था। वे आपस में खुसर-फुसर करने लगे। विशेषकर जब चमेली और जगन्नाथ ने हाथ जोड़-कर कहा—"बाबा बचेंगे नहीं, मरने वाले हैं। भगवान के लिए अपने रास्ते पर चले जाओ। यह बाबा तो अब कोई क्षणों के मेहमान हैं।"

"बचेंगे नहीं।"

"मरने वाले हैं।"

"कोई क्षण के मेहमान हैं।"

ये वाक्य दोहराते हुए कुछ युवकों ने एक-दूसरे की ओर देखा। एक सरफिरा बोला—"मरने वाला तो है ही। साले को जला दो

अभी।"

"हां पेट्रोल छिडककर फूंक दो।"

"मर जाएगा तो नाम कर जाएगा।"

"समाचारपत्रों में निकलेगा एक मराठा साधु कंडाग्राम प्राप्त करने के लिए जलकर मर गया।"

"पहले पृष्ठ पर बड़ा-बड़ा लिखा होगा—सरकार को कंडाग्राम अपने को देना ही पड़ेगा।"

"फिर देखते क्या हो, लगा दो आग।"

"नहीं, नहीं—" चमेली आखिरी युवक की बात सुनकर चिल्ला पड़ी। किन्तु उसकी किसीने नहीं सुनी। चमेली और जगन्नाथ को धक्के मारकर वहां से हटा दिया गया।

"भगवान के लिए दया करो—भगवान के लिए।"—चमेली घुटनों के बल झुककर दया की प्रार्थना करने लगी। इतने में जुलूस के पीछे से एक युवक दौड़ता हुआ आया। उसने पेट्रोल का पूरा डिब्बा लक्कड़ बाबा पर छिड़क दिया। दूसरे ने तीली दिखा दी। तीसरे ने भड़कते हुए शोलों पर और पेट्रोल छिड़क दिया।

"क्या करते हो? क्या करते हो?"—चमेली अपनी छाती पीटती हुई बोली—"अभी तो ज़िन्दा हैं, ज़िन्दा हैं।"

'कंडाग्राम! ज़िन्दाबाद!"

लक्कड़ बाबा ज़िन्दा जल रहा था। शोलों की ज़ुबानें कई-कई गज़ ऊपर तक जा रही थीं। वे ज़ुबानें लक्कड़ बाबा का शरीर चाट-चाटकर उसे राख में मिला रही थीं। जैसे-जैसे शोले ऊपर जाते, मजमे का उन्माद और जोश बढ़ता जाता।

"लक्कड़ बाबा! ज़िन्दाबाद!!—लक्कड़ बाबा! ज़िन्दाबाद!!—कंडाग्राम! हमारा है!—कंडाग्राम! हमारे प्रान्त का है!!"

गगनचुम्बी नारे लग रहे थे। लक्कड़ बाबा का शरीर जल रहा था। आगे जाने वाले जुलूस के बहुत-से लोग पीछे मुड़ आए थे और जामुन के पेड़ के नीचे एक बहुत बड़ा घेरा बनाए खड़े थे। केवल कुछ लोगों ने युवकों को पेट्रोल छिड़कते देखा था। बाकी सभी यही समझ रहे थे कि लक्कड़ बाबा ने कंडाग्राम को महाराष्ट्र में मिलवाने के लिए अपने प्राणों की आहुति दे दी है।

इतने में दो प्रेस फोटोग्राफर भी कहीं से आ गए और धड़ाधड़ इस दृश्य के चित्र उतारने लगे। जीवन में इतना भारी 'स्कूप' उन्हें पहली बार मिला था। कल भारत के सारे समाचारपत्रों के पहले पृष्ठ पर जलते हुए लक्कड़ बाबा का चित्र होगा।

आठ

जुलूस आगे बढ़ गया, फिर भी पचास के लगभग युवक उस जामुन के वृक्ष के नीचे घेरा बनाए खड़े रहे और उस समय तक खड़े रहे जब तक लक्कड़ बाबा का शरीर अच्छी तरह जलकर राख नहीं हो गया।

फिर बड़े वेग से आंधी आई और आंधी के साथ ही ऐसी मूसलाधार वर्षा कि पल में जलथल हो गया। वायु के वेगपूर्ण झोंके और वर्षा के भारी थपेड़े लक्कड़ की अन्तिम राख की चुटकी तक बहा ले गए।

प्रातःकाल जब वर्षा थमी तो लोगों ने देखा कि जिस स्थान पर लक्कड बाबा पिछले पैंतीस साल से बैठ रहा था वहां की सारी भूमि एक मोटी तह तक जल गई है किन्तु लक्कड़ बाबा की हड्डियों तक का चिह्न बाकी नहीं है। लक्कड़ देवल एक ओर औंधा पड़ा है और उसके नीचे की ज़मीन खुदी पड़ी है।

रात के अंधेरे में जगन्नाथ चेला लक्कड़ बाबा की आयु-भर की कमाई हंडिया में से निकालकर उड़नछू हो गया। केवल हंडिया के टूटे हुए टुकड़े इधर-उधर बिखरे पड़े थे।

इस घटना के तीसरे दिन फेमस बिल्डिंग महालक्ष्मी में एक नई फिल्म कम्पनी का दफ्तर खुल गया—दि कंडाग्राम पिक्चर्ज़। और फिल्म कम्पनी के दरवाज़ के बाहर भूरे रंग की एक तख़्ती पर प्रोप्राइटर का नाम लिखा था—जे० एन० लक्कड़ वाला।

वह व्यक्ति जो कल तक एक फिल्मी एक्स्ट्रा था आज अचानक फिल्म प्रोड्यूसर कैसे बन गया? इसपर किसीको आश्चर्य नहीं हुआ। फिल्मी संसार में तो अक्सर ऐसा होता ही रहता है।

इस घटना से ठीक दस दिन बाद समुद्र के तट पर एक भारी सभा हुई जिसमें हज़ारों आदमियों ने भाग लिया। यह सभा 'लक्कड़ बाबा मेमोरियल कमेटी' की ओर से थी जिसका सेक्रेटरी जे० एन० लक्कड़ वाला था। कई फिल्मी सितारे और सरकार के मन्त्री इस सभा में सम्मिलित हुए। स्टेज पर लक्कड़ बाबा का एक बहुत बड़ा रंगीन चित्र सुनहरे फ्रेम में रखा था। खिचड़ी दाढ़ी, लम्बी जटाएं और उज्ज्वल मुख। चित्र बहुत सीमा तक काल्पनिक था। जे० एन० लक्कड़ वाला ने एक फिल्मी चित्रकार को डेढ़ सौ रुपये देकर बनवाया था। इस चित्र के फ्रेम के चारों ओर करेंसी नोटों का एक हार लिपटा हुआ था। एक-एक रुपये के नोट थे। बीच में 'मुझे' भी दस रुपये के नोट को टांक दिया था। पांच सौ के नोटों का हार था, जिसे लक्कड़ बाबा के भक्त जगन्नाथ लक्कड़ वाला ने श्रद्धापूर्वक लक्कड़ बाबा मेमोरियल कमेटी को भेंट किया था। ऐलान पर सभा में दो मिनट तक तालियां पिटती रहीं।

कल्चर मिनिस्टर का भाषण बहुत सुन्दर था। उन्होंने बताया

कि प्रायः साधुओं को समाज का एक बेकार अंग समझा जाता है, बल्कि समाज पर एक बोझ। लक्कड़ बाबा ने कंडाग्राम को महाराष्ट्र में मिला देने के आन्दोलन में प्रसन्नता से अपने जीवन की कुर्बानी देकर त्याग, दृढ़ संकल्प, अथक संघर्ष, सत्य और नियम के लिए अटल रहने का ऐसा प्रभावशाली उदाहरण दिया है जिसका विवरण इतिहास में बहुत कम मिलता है, इसलिए इस बात की बड़ी आवश्यकता है कि ऐसी महान आत्मा—इस—इस (यहां तक पहुंचते-पहुंचते कल्चर मिनिस्टर का गला रुंध गया)—इस निडर, वीर, अमर सन्त लक्कड़ बाबा की याद को लोगों के दिलों में सदा ताज़ा रखने के लिए एक ऐसा स्मारक बनवाया जाए जो सन्त बाबा के यश के अनुकूल हो (ज़ोरदार तालियां)।

मेयर ने ऐलान किया—जिस स्थान पर शहीद ने अपने जीवन का बलिदान किया है वह स्थान कार्पोरेशन के निर्णय के अनुसार लक्कड़ बाबा मेमोरियल कमेटी को प्रदान किया जाता है ताकि उस स्थान पर जहां कि लक्कड़ बाबा का लक्कड़ देवल स्थापित था एक पक्का मन्दिर निर्मित किया जाए। इसपर भी देर तक तालियां पिटती रहीं।

मन्दिर बनाने के लिए तीस हज़ार की रकम नोट, चेक और नकदी के रूप में उसी समय प्राप्त हो गई—और तीस हज़ार के वायदे भी किए गए। जे० एन० लक्कड़ वाला ने लक्कड़ बाबा की सुनहरी फ्रेम में जड़ी रंगीन तस्वीर को नीलाम करने का ऐलान किया जिसपर पांच सौ की रकम का हार पड़ा था—पहली बोली उन्होंने स्वयं दी, एक हज़ार रुपये की।

जब सभा के भिन्न-भिन्न भागों में बोलियां दी जा रही थीं उसी समय जे० एन० लक्कड़ वाला डायस पर एक कुर्सी के पीछे पहुंचा जिसपर एक अति सुन्दर नारी बैठी हुई थी। इस नारी को

मैंने एकदम पहचान लिया। यह सूज़ी के होटल वाली शहज़ादी थी जो अब एक प्रसिद्ध फिल्म स्टार बन चुकी थी। जे० एन० ने इसके कान में कहा—"इस हार को तुम खरीदो—किसी कीमत पर जाने न देना। इससे तुम्हारी बहुत पब्लिसिटी हो जाएगी।"

शहज़ादी ने बोलियों के बीच में तीन हज़ार की आफर दी। पर जब बोली बढ़कर चार हज़ार सात सौ हो गई तो उसने पांच हज़ार की बोली दी। आखिरकार यह चित्र शहज़ादी के हिस्से में आया आठ हज़ार पर।

जब कल्चर मिनिस्टर ने, जो इस सभा के सभापति भी थे, अपने हाथों से महर्षि लक्कड़ बाबा के चित्र को मेज़ से उठाकर प्रसिद्ध फिल्म स्टार को भेंट किया तो एकदम कई कैमरे खटाखट फोटो खींचने लगे। इस समय तक लोग इतने आवेश में आ चुके थे कि तालियों की आवाज़ आकाश तक जा रही थी। लोग चिल्ला-चिल्लाकर नारे लगा रहे थे :

"लक्कड़ बाबा! ज़िन्दाबाद!!"

"शहज़ादी! ज़िन्दाबाद!!"

"इन्कलाब! ज़िन्दाबाद!!"

अन्त में जे० एन० लक्कड़ बाला ने ऐलान किया कि वह लक्कड़-बाबा के जीवन पर ईस्टमैन कलर में एक धार्मिक चित्र बनाने जा रहे हैं। इस चित्र का नाम होगा—सन्त लक्कड़ेश्वर।"

इसपर इतने ज़ोर की तालियां बजीं कि लगने लगा आकाश की छत उड़ जाएगी।

उसी रात जे० एन० लक्कड़वाला ने अपने गुर्गों की टोली में, जिसमें ज़्यादातर लक्कड़ बाबा मेमोरियल कमेटी के मेम्बर थे, ऐलान किया—"भाई लोगो, फिल्म तो अब बन जाएगी और जब तक मन्दिर बनता रहेगा हमारी फिल्म भी बनती रहेगी। मैंने

इस फिल्म में प्रसिद्ध फिल्म स्टार शहज़ादी को प्रस्तुत करने का फैसला किया है।"

उस रात जे०एन० लक्कड़ वाला ने शहज़ादी के घर जाकर उसे सात हज़ार रुपये का एडवांस दिया। दो हज़ार सफेद और पांच हज़ार काला। नोट लेकर फिल्म स्टार शहज़ादी ने बड़ी अदा से ऐलान किया—"मैं फिल्म में काम तो करूंगी, मगर कहानी सुनकर। और यदि कहानी मेरी मर्जी के मुताबिक नहीं हुई तो एडवांस वापस कर दूंगी।"

"अजी कहानी तो आपपर ही है सारी की सारी। बस कहीं-कहीं लक्कड़ बाबा खड़ताल बजाते और भजन गाते नज़र आएंगे।"

"तो सुनाओ कहानी।"

"यहां क्या सुनोगी कहानी?" जे०एन० मुस्कराकर बोला—"मैंने दो दिन के लिए ताज़ में एक कमरा बुक करा लिया है। वहां चलिए मेरे साथ और इत्मीनान से सुनिए कहानी।"

कहानी शहज़ादी को बहुत पसन्द आई। इसके बाद मशहूर फिल्म स्टार शहज़ादी के विशेष इंटरव्यू और लेख देश की प्रसिद्ध फिल्मी पत्रिकाओं में छपते रहे। भिन्न-भिन्न शीर्षकों से—'मैं और लक्कड़ बाबा'—'लक्कड़ बाबा के आत्मिक चमत्कार'—'मैं कब, क्यों और कैसे लक्कड़ बाबा से प्रभावित हुई' आदि-आदि। इन लेखों के साथ प्रसिद्ध फिल्म अभिनेत्री शहज़ादी के बहुत रमणीक, सुन्दर और रंगीन चित्र भी छपे। एक चित्र में वह जोगन बनी बैठी है और एक विचित्र आत्मिक श्रद्धा से सन्त लक्कड़ बाबा के चित्र को निहार रही हैं। एक चित्र में वह बाथरूम से नहाकर निकल रही है। उसका आकर्षक शरीर बारीक महीन कपड़ों से छन रहा है।

वह मन्त्रमुग्ध-सी निकट की दीवार पर टंगे लक्कड़ बाबा के चित्र के सम्मुख हाथ जोड़कर शीश झुका रही है—आदि-आदि। इन तस्वीरों और लेखों के छपने से पब्लिक में इस आने वाली पिक्चर के लिए इतनी रुचि बढ़ गई कि पहले दिन की शूटिंग से पहले ही इस चित्र की सारी 'टेरीटरीज़' डिस्ट्रीब्यूटरों ने खरीद लीं और 'कंडा-ग्राम पिक्चर्ज़' और जे० एन० लक्कड़ वाला की आर्थिक दशा बहुत मज़बूत हो गई। उसने एक गाड़ी खरीद ली, दूसरे चित्र का भी ऐलान किया। अब उसके दिन-रात अधिकतर शहज़ादी के साथ गुज़रते थे। क्योंकि उसने दूसरी पिक्चर के लिए भी उसीके साथ एग्रीमेंट कर लिया था।

नौ

बहुत समय तक मैं शहज़ादी के ड्राइंगरूम में लक्कड़ बाबा के चित्र के फ्रेम के गिर्द नोटों के हार में टंगा रहा। शहज़ादी का सबसे छोटा भाई घर का लाड़ला था क्योंकि सबसे छोटा वही था। घर के लोग प्यार से उसे मुन्ना कहते थे।

यूं तो मुन्ना को उसकी मां और शहज़ादी दोनों पाकिट-मनी देती थीं, मगर मुन्ना लाड़ले बच्चों की तरह फिज़ूलखर्च था। अब उसने अपनी मां और बहन के अलावा लक्कड़ बाबा से रुपया निकालने का ढंग ढूंढ़ लिया था। वह बहुत ज़हीन बच्चा था और जब कभी उसकी फिज़ूलखर्ची को रोकने के लिए या उसको सज़ा देने के लिए उसकी मां या शहज़ादी उसकी पाकिट-मनी रोक देतीं या पाकिट-मनी जल्दी खत्म हो जाती और मुन्ना को और ज़रूरत पड़ती तो वह सबकी नज़र बचाकर एक कुर्सी पर स्टूल रखकर किसी न किसी तरह लक्कड़ बाबा की तस्वीर तक पहुंच जाता और हाथ जोड़कर

कहता—"लक्कड़ बाबा! भेलपूरी खाने को जी चाह रहा है, अगर बुरा न मानो तो तुम्हारे हार में से एक रुपया ले लूं? ले लूं?—बस एक रुपया लूंगा और उसके बाद कभी नहीं लूंगा।"

इसपर मुन्ना को ऐसे अनुभव होता जैसे लक्कड़ बाबा तस्वीर से झांककर उसकी ओर देखकर मुस्करा रहे हैं और उसे हार में से एक रुपया निकालने की आज्ञा दे रहे हैं। इसपर मुन्ना प्रसन्न होकर लक्कड़ बाबा की तस्वीर को चूम लेता और हार में से एक रुपये का नोट निकालकर चला जाता।

काफी समय तक यूं ही चलता रहा। कभी भेलपूरी के लिए, कभी बारह मसाले की चाट के लिए, कभी आइस्क्रीम के लिए, कभी गुब्बारे के लिए, कभी खिलौने के लिए, कभी दोस्तों को कर्ज़ देने के लिए एक रुपये के नोट हार में से निकलते रहे। पहले-पहल तो पता नहीं चला। फिर हौले-हौले हार खाली होना शुरू हआ। बीच-बीच में से गंजा होने लगा। ऐसे लगा जैसे पतझड़ का मौसम आ गया। एक दिन मुन्ना साहब ठीक उस समय पकड़े गए जब वह कुर्सी पर तिपाई रखकर नोटों के हार में से मुझे निकाल रहे थे। शहज़ादी को इससे पहले घर के नौकरों पर शुबहा था पर जब एक नौकर ने मुन्ना को चोरी करते हुए दिखा दिया तो शहज़ादी ने मुन्ना को कुर्सी से नीचे घसीटकर दो हाथ लगा दिए और नोट उसके हाथ से छीनकर अपने पर्स में डाल लिया बल्कि सारा हार ही नोचकर अपने पर्स में रख लिया।

इसपर मुन्ना शहज़ादी की गोद में टांगें हिलाकर मचलने लगा और ज़ोर-ज़ोर से चिल्लाने लगा। इसपर शहज़ादी ने उसे और मारा और इतना मारा कि अम्मी दौड़ती-दौड़ती ड्राइंगरूम में घुस आईं और मुन्ने को उसकी गोद से छीनकर गुस्से से बोलीं—"अरे! अरे! अरे! यह क्या करती हो—अपने ही कोख के जाए पर इतना

ज़ुल्म ढाती हो सिर्फ दस रुपये के लिए अपने ही बच्चे पर, तुम्हें शर्म नहीं आती?"

कहने को तो अम्मा ने गुस्से में इतना कह दिया मगर कहते-कहते उन्होंने अपनी गलती महसूस करके दांतों तले अंगुली दबा ली। शहज़ादी ने भी अपने मुंह पर अंगुली रखकर जल्दी से इधर-उधर देखा, पर इस समय ड्राइंगरूम में मां, बेटी और मुन्ने के अलावा, और कोई मौजूद नहीं था।

शहज़ादी की जान में जान आई। अम्मा शर्मिन्दा होकर चुप थीं। मुन्ना उनकी छाती में दुबका हुआ मुंह छुपाकर सिसक रहा था। सारे कमरे में सन्नाटा था।

सहसा मुन्ना ने सिर उठाकर शहज़ादी की ओर देखा और सिसक-सिसककर बोला—"हमको वो दस का नोट दे दो, नहीं तो हम सबसे कह देंगे कि हम अम्मी के बेटे नहीं हैं शहज़ादी के बेटे हैं।"

अपनी मां से दस रुपये लेकर मुन्ना अपनी नई शक्ति पर फूला हुआ अपनी नानी की गोद से उतरा और बाहर बाज़ार में आइस्क्रीम खाने चला गया। अगर यह उसकी ज़िन्दगी का पहला ब्लैक-मेल था तो क्या हुआ, अभी तो उसकी आयु केवल सात साल की थी।

आइस्क्रीम और मिल्कबार की काउंटर से मैं फिरोज और खानम के साथ कर दिया गया जो मिल्कबार से आइस्क्रीम खाकर निकल रहे थे। दुकान से बाहर आकर खानम को याद आया कि उनके अपने इलाके में जहां वह रहते हैं वनस्पति घी ब्लैक में चला गया है इसलिए उन्होंने करीब के बनिये की दुकान से वनस्पति घी का एक डिब्बा खरीदा। बनिये की दुकान से मुझे मिसेज़ एडलजी के साथ कर दिया गया जिसने बनिये से बहुत-सा सामान खरीदा था। मिसेज़ एडलजी ने मुझे एक बिसाती के हवाले कर दिया

जिसकी दुकान से उन्होंने अपने ड्राइंगरूम के लिए नये पर्दों का कपड़ा खरीदा था। उस बिसाती की दुकान पर मंज़ूर इलाही क्लर्क अपनी बीवी बतूल के साथ सेल्स काउंटर पर खड़ा अपने घर में होने वाली खुशी के सिलसिले में कुछ कपड़े खरीद रहा था यानी बच्चे के पोतड़े, फ्राकें और नन्ही-मुन्नी टोपियों के लिए कपड़ा। उनके साथ मैं शर्बत वाले की दुकान पर आया क्योंकि बतूल को प्यास लग रही थी। शर्बत वाले ने मुझे एक अधेड़ आदमी के सुपुर्द किया जिसने उसकी दुकान से शर्बत के चार गिलास पिए थे। उस अधेड़ आदमी ने दुकान से निकलकर नाके के केमिस्ट से सिरदर्द की गोलियों का पूरा पैकेट खरीदा। उस अधेड़ आदमी की सूरत देखकर यह अन्दाज़ा होता था कि न सिर्फ उसे सदा सिरदर्द रहता है बल्कि वह खुद स्थायी रूप से सारी दुनिया के लिए सिरदर्द है। गोलियां खरीदकर वह अधेड़ आदमी एक टैक्सी में सवार हुआ और जहां उसे झगड़ा करने जाना था वहां पहुंचकर उसने मुझे टैक्सी वाले के हवाले किया। टैक्सी वाले ने पेट्रोल पम्प से पेट्रोल डाला और मुझे पेट्रोल वाले को दे दिया और पेट्रोल पम्प वाले ने एक ऐसे जोड़े को दिया जिन्होंने पहली बार मोटर खरीदी थी और उसमें बैठकर सिनेमा देखने जा रहे थे। सिनेमा देखकर मैं उनके साथ लौट रहा था कि फिर एक पेट्रोल पम्प पर पहुंचा दिया गया जहां से मैं गुलाम अली मोटर मेकैनिक की जेब में पहुंचा। गुलाम अली मुझे लेकर सिद्दू हमाम वाले के यहां चला गया। हमाम वाले ने मुझे एक हज्जाम के सुपुर्द किया, हज्जाम ने कबाबिए को दिया। कबाबिए ने मुझे कैफे दिलपसन्द के हवाले किया जिसकी दुकान के बाहर एक कोने में वह कबाब की दुकान लगाता था। कैफे दिलपसन्द के यहां से मैं मास्टर ब्रगांजा टेलर की जेब में आया जिसने दूसरे दिन मुझे सेठ मंघाराम के हवाले किया जिसने मास्टर ब्रगांजा की दुकान में एक सूट सिलवाया था। सेठ

मंघाराम की कोलाबा में बहुत बड़ी क्यूरियो शॉप थी जहां बड़े-बड़े धनाढ्य और विदेशी टूरिस्ट क्यूरियो खरीदने आते थे और मंघाराम अपनी शॉप में ऐसे-ऐसे अनमोल क्यूरियो जमा करके रखता था कि हांगकांग से न्यूयार्क तक उसके माल की खपत थी। शहर के बाहर कई इलाकों में उसने छोटी-छोटी फैक्ट्रियां कायम कर रखी थीं जहां अत्यन्त गुप्त रूप से पुराना माल तैयार होता था। एक फैक्ट्री में सातवीं शताब्दी की बुद्ध की मूर्तियां बनाई जाती थीं तो दूसरी फैक्ट्री में दूसरी शताब्दी की शिवजी की मूर्तियां गढ़ी जाती थीं। एक फैक्ट्री में केवल वह सामान तैयार होता था जो आज से पांच हज़ार वर्ष पहले मोहनजोदड़ो और हड़प्पा की खुदाई से निकला है। एक फैक्ट्री सिर्फ मुगल-युग के क्यूरियो मैन्युफेक्चर करती थी। नूरजहां का इत्रदान, बाबर की तलवार, जहांगीर का खंजर, अकबर की अंगूठी, मुमताज महल की आरसी, औरंगज़ेब का उगालदान—सब कुछ सेठ मंघाराम के यहां मिलता था। एक फैक्ट्री पुरानी गली हुई लकड़ी से ऐतिहासिक सामान तैयार करती थी। यानी अशोक के निद्रागृह का दरवाज़ा, चन्द्रगुप्त के पलंग का पाया, महारानी पद्मिनी के आईने का लकड़ी का फ्रेम, कालिदास की छड़ी, गुरु विश्वामित्र की खड़ाऊं। एक दफा तो मंघाराम का सेल्समैन एक विदेशी टूरिस्ट को महाराजा विक्रमादित्य की ऐनक तक बेच देने में कामयाब हो गया था, बारह सौ रुपयों में, और सेठ मंघाराम ने अपने सेल्समैन के काम से खुश होकर उसे सौ रुपये इनाम में दिए थे।

कल रात सेठ ने दुकान के गल्ले में से कुछ रकम उधारी ली थी। हिसाब पूरा करने के लिए उसने अपना बटुआ खोला और उधार की रकम बराबर गिनकर और मुझे भी उन नोटों में डालकर उसने कुल रकम एक नौकर के हवाले करके कहा कि वह उसे कल

के हिसाब में जमा करके बैंक में डाल दे।

सेठ के नौकर ने रकम लेकर बड़ी सावधानी से सब नोटों को गिना। फिर मुझे देखकर ठिठक गया, क्योंकि लगातार उपयोग में आने के कारण और पांच साल एक गन्दी हांडी में रहने के कारण मैं इतना गन्दा और मैला हो चुका था कि हरेक की निगाहों में चुभने लगता था।

नौकर ने मुझे ध्यान से देखा। यह वही सेल्समैन था जो विक्रमादित्य की ऐनक बेच चुका था। देखने में मैं अब इतना पुराना हो चुका था कि अगर मुझपर अंग्रेज़ी शब्दों का ठप्पा न होता तो वही सेल्समैन मुझे मुहम्मद तुगलक के ज़माने का नोट कहकर बेच देता। इसपर भी वह मुझे देर तक उलट-पलटकर देखता रहा और मेरी समझ में नहीं आया कि मुझमें ऐसे कौन-से सुरखाब के पर लगे हैं, दस का नोट ही तो हूं।

अन्त में वह सेल्समैन सेठ के पास पहुंचा। सेठ के सामने मेज़ पर मुझे रखकर बोला—"ज़रा इस नोट को ध्यान से देखिए।"

सेठ ने मुझपर एक सरसरी-सी नज़र डालकर कहा—"क्या देखूं? दस का नोट ही है। क्या तुम्हें सौ का नोट दिखाई देता है?"

"ज़रा ध्यान से देखिए।"—सेल्समैन ने संकेत करते हुए कहा—"इसपर इण्डिया की 'डी' उल्टी छाप गई है।"

सेठ ने चौंककर देखा, सचमुच मेरे माथे पर जहां 'रिज़र्व बैंक ऑफ इंडिया' लिखा था वहां 'इण्डिया' शब्द यूं छपा था—1NᗡIA

"अरे सचमुच 'D' की जगह 'ᗡ' है। यानी उल्टी 'डी' है।"

और सेल्समैन ने मुझे अपने सेठ की आंखों के नीचे सरकाते हुए कहा—"यह देखिए, जहां लिखा है"—'आई प्रामिस टु पे द बियरर आन डिमांड' वहां शब्द PROMISE की E गायब है।"

"सचमुच।"—सेठ ने मुझे ध्यान से देखते हुए कहा।

"यह तो एक अद्भुत नोट है।"—सेठ मंघाराम का दिल खुशी से धड़कने लगा—"इसकी 'डी' उल्टी है और 'ई' बिलकुल गायब है।"

सहसा सेठ के मन में एक विचार आया। उसने अपने सेल्समैन के मुंह की तरफ देखते हुए कहा—"कहीं जाली तो नहीं है?"

फिर सेठ कुछ सोचकर बोला—"तुम इस नोट को यहीं छोड़ जाओ, मैं सब मालूम किए लेता हूं।"

मेरी जगह उसने दस का दूसरा नोट देकर सेल्समैन को बैंक भेज दिया और खुद करेंसी ऑफिस में फोन करके मुझे अपनी जेब में डालकर चला गया। पांच-छः दिन मैं सेठ मंघाराम की जेब में रहा। दिन को जेब में रहता, रात को वह मुझे अपनी तिजोरी में बन्द कर देता। पूछताछ करने के बाद जब सेठ ने अपना इत्मीनान कर लिया, तो उसने मेरे लिए चांदी का एक फ्रेम बनवाया और उसमें मुझे जड़वाकर उसी सेल्समैन से कहने लगा— "मैंने सब मालूम कर लिया है। यह नोट बिलकुल असली है मगर डाई गलत हो गई इसलिए यह गलत छप गया। यह नासिक में छपा था। इसके सीरियल नंबर के दूसरे नोट गलत छपने के कारण जला दिए गए मगर यह नोट किसी कर्मचारी की असावधानी से करेंसी में आ गया। अपने ढंग का एक ही नोट है सारे भारतवर्ष में। मैं समाचार पत्रों में इसका विज्ञापन दूंगा और अगले महीने के नीलाम में इसकी बोली ऊंची से ऊंची लगवाऊंगा और जो रकम मिलेगी उसका पांच प्रतिशत कमीशन तुम्हें दूंगा,क्योंकि सबसे पहले तुम्हींने इस नोट को पहचाना है।"

सेल्मैन ने झुककर सेठ का शुक्रिया अदा किया। इतने में सेठ की नई स्टोनो कुछ टाइप किए हुए पत्र लेकर आ गई।

सेठ मंघाराम पहला खत पढ़ते ही गुस्से से भड़क गया—"स्पेलिंग की इतनी गलतियां? 'आफ कोर्स वी प्रामिस्ड टु पे टू हंड्रेड

डालर्स!' क्या इस तरह लिखा जाता है? 'प्रामिस्ड' का 'ई' गायब है और डालर का 'डी' कहां गया। क्या घर से नाश्ता करके नहीं आती हो, जो शब्द खाना शुरू कर देती हो? हमारी फर्म न्यूयार्क तक बिज़नेस करती है। ऐसी हिज्जे की गलतियां हमारे यहां नहीं चलेंगी—एकाउंटेंट से अपना हिसाब चुकता करो और जाओ।"—सेठ ने कांपती हुई नई स्टेनो के हाथ में हस्ताक्षर किए बिना ही पत्र वापस करते हुए कहा।

दस

उस दिन नीलाम में बड़ी भीड़ थी जिस दिन मेरी बोली लगाई गई। दूर-दूर से क्यूरियो खरीदने वाले आए थे और बड़े आश्चर्य से मुझे देख रहे थे। मगर सेठ मंघाराम ने शक की कोई जगह नहीं छोड़ी थी। दमकते हुए चांदी के फ्रेम में मैं सबके सामने मौजूद था। चांदी के फ्रेम के नीचे नासिक की सरकारी प्रिंटरी का एक सर्टिफिकेट चिपका था जिसपर साफ शब्दों में लिखा था कि मैं कोई जाली नोट नहीं हूं, बिल्कुल असली नोट हूं। छापे की तारीख भी लिखी थी। शक की कोई जगह न थी। बोली शुरू हुई। सेठ मंघराम ने चिल्लाकर कहा—"इस दस के नोट की कीमत एक हज़ार रुपये।"

"दो हज़ार।"

"तीन हज़ार।"

"तीन हज़ार पांच सौ।

"तीन हज़ार सात सौ।"

"तीन हज़ार सात सौ—तीन हज़ार सात सौ।"

"साढ़े चार हज़ार।"

"पांच हज़ार।"

मेरा सिर चकराने लगा। कैसी अजीब दुनिया है। कल तक मैं केवल दस का नोट था। आज मेरी कीमत पांच हज़ार रुपये है। फिर मुझे वे हज़ारों आंखें याद आईं, जिन्होंने आज तक मुझे देखा था और मेरे माथे पर लिखे गए शब्दों पर भरोसा किया था।

"आई प्रामिस टु पे द बियर आन डिमांड द सम आफ टेन रुपीज़ एट एनी आफिस आफ ईशू।"

"छहः हज़ार रुपये।"

"सात हज़ार रुपये।"

"सात हज़ार आठ सौ—सात हज़ार आठ सौ—एक।"

"आठ हज़ार।"

"नौ हज़ार।"

"दस हज़ार।"

दस हज़ार। मैं आश्चर्य से चौंक पड़ा, क्या सचमुच मेरा मूल्य दस हज़ार है। कल तक मैं दस का नोट था, आज मैं दस हज़ार कैसे हो गया? वही मैं हूं, वही मेरा कागज़ है, वही मेरा ठप्पा है।

"बारह हज़ार।"

"बारह हज़ार?"

बारह हज़ार में तो एक मध्यम वर्ग की लड़की की शादी हो सकती है। मगर बोली बढ़ी ही जा रही थी।

"तेरह हज़ार।"

"तेरह हज़ार छः सौ।"

"तेरह हज़ार नौ सौ।"

"चौदह हज़ार।"

"अठारह हज़ार।"

एक दुबला-पतला युवक कांच के बड़े-बड़े मोटे शीशों वाली ऐनक चढ़ाए हुए बोल उठा—"अठारह हज़ार।"

मैंने उस पीले रंग के दीमक-खाए हुए युवक की तरफ देखा। अब मेरी कीमत अठारह हज़ार है। कल तक मैं वनस्पति का एक डब्बा भी नहीं खरीद सकता था, आज एक मोटर खरीद सकता हूं।

"अठारह हज़ार। अठारह हज़ार।" सेठ मंघाराम उस पीले रंग के युवक की ओर देखकर चिल्लाया। वह उसे पहचानता था। वह युवक देश के मशहूर करोड़पती सेठ चुन्नीलाल का बेटा मगनलाल था। मगनलाल को क्यूरिओ जमा करने का बड़ा शौक था। उसने अपने आलीशान महल में एक म्यूज़ियम बना रखा था, जिसमें वह दुनिया-भर के क्यूरिओ जमा करता था। मोटे-मोटे शीशों के पीछे उसकी छोटी-छोटी आंखें गहरे शौक से चमकती हुई मालूम होती थीं। वह क्यूरिओज़ का दीवाना था।

अब सब लोग पीछे हट गए थे। मगनलाल का मुकाबला एक अमरीकी टूरिस्ट से था। चार्ल्स डू'लिटिल न्यूयार्क में सालिसिटर था। एक सफल वकील। दुनिया के सबसे धनाढ्य देश का निवासी। वह पीछे नहीं हटेगा।

"बीस हज़ार।"

"बाईस हज़ार।"—मगनलाल बोला।

"पच्चीस हज़ार।"—डू'लिटिल ने एक सिगरेट सुलगाकर कहा।

"सत्ताईस हज़ार।"—मगनलाल अपनी पतली आवाज़ में इतने ज़ोर से चिल्लाया कि भीड़ में हरेक के चेहरे पर मुस्कान आ गई।

"तीस हज़ार।"—डू'लिटिल अपनी ठण्डी-भारी आवाज़ में बोला।

तीस हज़ार—मेरी तो सिट्टी गुम हो गई। आखिर मैंने क्या

किया। आखिर मैंने क्या किया था? कौन-सा तीर मारा था? कौन-सा ऐसा कड़ा परिश्रम किया था? किसकी भलाई के लिए दिन-रात एक कर दिया था, जिसके पुरस्कारस्वरूप मेरी कीमत इतनी बढ़ा दी गई थी?

पर यह तो एक अजीब मूर्खता-भरा टेढ़ा सवाल है। यहां की हर त्रुटि के दो तरह के फल होते हैं। यहां अगर आप सीधे-सच्चे और खरे हैं, तो आपकी कीमत दस के नोट से ज़्यादा नहीं हो सकती। लेकिन अगर आपकी 'डी' उल्टी और 'ई' गायब है, तो आपकी कीमत एकदम तीस हज़ार भी हो सकती है। नोट के 'स्पेलिंग' गलत हों तो वह सबसे कीमती है। आदमी की स्पेलिंग गलत हों तो वह दफ्तर से बाहर निकाल दिया जाता है। सेठ मंघाराम की स्टेनो की तरह।

"बत्तीस हज़ार"—मगनलाल गुस्से से चिल्लाया।

चार्ल्स डू'लिटिल मुस्कराया, उसका मुकाबला एक दीवाने से था। सहसा इस नीलाम से उसकी सारी दिलचस्पी गायब हो गई और वह पलटकर भगवान शिव के किसी पुराने बुत को देखने लगा। कुछ मिनटों तक सेठ मंघाराम मेरी ओर आकर्षित करने के लिए चिल्लाता रहा। मेरी खूबियों को बढ़ा-चढ़ाकर बयान करता रहा। मगर जब उस अमरीकी टूरिस्ट ने कोई ध्यान नहीं दिया तो उसने मुझे बत्तीस हज़ार रुपयों के लिए मगनलाल के हवाले कर दिया।

ग्यारह

चुन्नीलाल की कलकत्ता में दो जूट मिलें थीं। एक टैक्साइल मिल अहमदाबाद में थी, एक बम्बई में। खांड बनाने का एक कारखाना उत्तर प्रदेश में था। कानपुर में लोहे की एक बहुत बड़ी फाउण्ड्री थी और अब वह ग्वालियर में रेयॉन-पल्प का बहुत बड़ा कारखाना खोलने में व्यस्त था। पर उसे एक ही बात का दुःख था कि उसके बेटे की कोई औलाद न थी। मगनलाल अभी तक निस्सन्तान था और मगनलाल चुन्नीलाल का इकलौता बेटा था।

प्रायः मगनलाल सन्तान करने के योग्य नहीं था। 'प्रायः' इसलिए कि उसकी सारी भावनाएं पुरुष की सी थीं। वह प्रेम की अग्नि और उसकी गर्मी को एक पुरुष की तरह ही अनुभव करता था। मगर उसका शरीर उसका साथ नहीं देता था। वह अनुभव करता कि सृजन की एक लपट-सी उसकी आत्मा में कांप रही है। मगर उसकी आत्मा और उसकी गहरी अनुभूति का घट और उसका

शरीर एक ठण्डे शून्य और बर्फीले आवरण से लिपटा हुआ है। यह बर्फ जो किसी तरह पिघलती नहीं है और उसके भड़कते हुए मनोभावों को असफल बना देती है और वह एक चोट खाते हुए जानवर की तरह अपनी मनोवृत्ति और अपने शरीर की भयानक निष्क्रियता के अन्तर्विरोध से चीख उठता। ठण्डे शरीर के साथ अगर आत्मा भी ठण्डी हो तो कोई समस्या ही नहीं होती। लेकिन प्रकृति ने उसे अग्नि की तरह धधकती हुई आत्मा देकर और उसके चारों ओर बर्फ का दायरा खींचकर उसके साथ बड़ा अन्याय किया था। क्योंकि मगनलाल सुन्दरता का पुजारी भी था। सुन्दर स्त्रियों को देखकर उसके हृदय में वही प्रतिक्रिया होती थी जो एक पूर्ण पुरुष में होती है। वह उसके बदन के लोच, निगाह की गर्मी और होंठों के बुलावे से उतना ही प्रभावित होता था जितना कोई स्वस्थ पुरुष हो सकता है, लेकिन जब वह अपने जज्बात के ज्वार-भाटे में डोलता हुआ किसी नारी के पास जाता और उसे छूने की कोशिश करता तो न सिर्फ उस नारी को बल्कि स्वयं उसे मालूम हो जाता कि ये किसी पुरुष की अंगुलियां नहीं हैं जो किसी नारी को छू रही हैं, बरफ की कलमें हैं जिनके स्पर्श से औरत के बदन में घृणा की लहरें उठ रही हैं और वह उस समय कांपकर पीछे हट जाता। दीवारों से टक्करें मारता। दो बार उसने आत्महत्या की कोशिश भी की मगर असफल रहा।

अनेक असफलताओं के बाद अब उसने अपनी आत्मा की उत्तेजना को विलीन करने का एक ढंग ढूंढ़ लिया था। उसने अपनी मैथुनिक इच्छाओं को कलात्मक भावनाओं में ढालने का प्रयत्न कर लिया था। अगर नारी का शरीर उसका नहीं हो सकता तो क्या हुआ, ये सुन्दर चित्र तो उसके साथ हो सकते हैं, ये मरमर के पुराने बुत जिनपर बीनस का शुबहा होता है, काशी के नटराज का स्थिर

नृत्य और वे शमादान जो मुगलों के हरम में हुस्नो-इश्क की लौ को तेज़ करते थे—इन चीज़ों पर वह स्थायी रूप से कब्ज़ा कर सकता है और इन क्यूरिओज़ का सौन्दर्य ऐसा था जो उसकी ठण्डी अंगुलियों के स्पर्श से घृणा नहीं खा सकता था। वह एक करोड़पती बाप का बेट था, और उसकी जायदाद का अकेला मालिक था। अब युग बदल गया है, अब अगर वह खूबसूरत औरतों का हरम नहीं सजा सकता तो खूबसूरत चीज़ों का अजायब घर तो खोल सकता है। और यही उसने किया।

उसने अपने महलनुमा घर का एक बड़ा हिस्सा उन खूबसूरत और कीमती क्यूरिओज़ को रखने के लिए अलग कर दिया, जो वह दुनिया के अलग-अलग हिस्से से खरीदकर जमा करता था। हौले-हौले उसका यह शौक बढ़ता गया और अब वह इन क्यूरिओज़ के खरीदने, रखने, संभालने, देखने और दूसरों को दिखाने में मज़ा लेने लगा। उसकी आत्मा की विशाल वेदना अपनी जगह कायम थी। मगर कभी-कभी अब उसे ऐसा लगता कि जसे किसीने उसके घाव पर फाहा रख दिया है। उसका बाप चुन्नीलाल बड़ा व्यावहारिक आदमी था। इतना उसके लिए काफी नहीं था। उसके बेटे के मरने के बाद उसकी करोड़ों की सम्पत्ति दूसरों में बंट जाएगी, इसके ख्याल ही से उसकी आत्मा कांपती थी, उसने अपने बेटे को ठीक करने के लिए तरह-तरह के इलाज किए। चार दफे उसे यूरोप ले गया। नये और पुराने तरीके आज़माते हुए उसने लाखों रुपये फूंक डाले। इन्हीं में एक तरीका यह भी था कि मगनलाल का ब्याह अति सुन्दर युवती से कर दिया जाए। मगनलाल के मना करने पर भी और ऊपर दिखावा रखने के लिए भी चुन्नीलाल ने अपने बेटे की शादी एक गरीब घराने की सुन्दर लड़की से कर दी।

रसना उसका नाम था। यौवन का रस उसकी रगों में दौड़ता

नहीं था, खौलता था। वह एक चंचल चुलबुले लावे की बनी मालूम होती थी। उसके बदन में बिफरे हुए समुद्र की लहरों का लोच था। निगाहों में बिजली की लपक थी। अंगुलियों में आग की लपट थी। मगनलाल उसे देखकर दीवाना हो गया। सहसा उसे ऐसा अनुभव हुआ कि वह रसना को अपनी बांहों में लेकर पूरा पुरुष बन जाएगा। फिर वह बुझ-सा गया। कुछ महीने तो रसना अपने खौलते हुए जज़्बात में कसमसाती रही, टूटती रही और टूटकर बनती रही, फिर वह एकाएक पागल हो गई।

दो साल तक वह पागल रही, फिर जब अच्छी हुई तो भी बुझ-सी गई। उसके ससुर ने अपनी बहू के लिए उस महलनुमा घर में एक मन्दिर बनवा दिया जहां वह बहुधा अकेले में पूजा करके अपना मन बहलाया करती। उसकी आवाज़ में उसकी घुटी-घुटी वेदना का रस उतर आया था। घण्टों वह राधाकृष्ण की मूर्ति के सामने बैठी अपने छोटे-से मन्दिर में भजन गाया करती थी। भजन गाते-गाते खो जाती और कभी बेहोश हो जाती। वह एक गरीब घर की लड़की थी मगर यहां पर उसे जीवन का हर आराम दिया गया था। दो गवर्नेसं उसे सुशिक्षित करने के लिए रखी गई थीं। नौकरों का एक लम्बा-चौड़ा अमला था जो दिन-रात उसकी छोटी से छोटी इच्छा को चुटकियों में पूरा करने के लिए व्यस्त रहता। इसपर भी कई बार रसना का दिल यहां से भाग जाने को चाहा। मगर सोने की ज़ंजीरें बहुत खूब-सूरत थीं।

रसना को इतना चाहने के बावजूद अब मगनलाल ने उससे अलग रहना सीख लिया था, क्योंकि साथ रहने में बहुत तकलीफ होती थी। ऐसा लगता जैसे जिस्मो-जां के रेगे-रेशे टूट जाएंगे। अब वह अपना ज़्यादा समय क्यूरिओज़ के साथ बिताता था। इन वस्तुओं के साथ उसका मिलना-जुलना इतना बढ़ गया कि बहुधा

अकेले में वह उनसे बातचीत तक करने लगता और उसे महसूस होता कि तस्वीरें भी बोलती हैं और संगमरमर के यूनानी सनम भी उससे बातें कर सकते हैं। अब वह महल के उस भाग में बहुत कम जाता था जहां रसना रहती थी। केवल दोपहर के खाने पर वे मिलते थे या रात के खाने पर। और इन दोनों अवसरों पर उसकी आत्मा की पीड़ा और भी बढ़ जाती थी। मगर वह मजबूर था और पिताजी की आज्ञा भी यही थी। फिर नौकरों के सामने दुनियादारी बरतना भी ज़रूरी था।

जब मगनलाल ने मुझे खरीदा तो मुझे पाकर इस तरह प्रसन्न हुआ कि रसना को यह सूचना सुनाए बगैर न रह सका। वह मुझे एक नवजात शिशु की तरह अपने हाथों में उठाए रसना के बेडरूम में चला गया जो अब दोपहर की नींद लेकर शृंगार-मेज़ के सामने अपने खुले बालों में कंघी कर रही थी। बल खाए हुए आरास्ता बाल जो कमर तक जाते थे, कंघी और रसना की अंगुलियों के मिले-जुले स्पर्श से नागिनों की तरह लहरा रहे थे। रसना उसे यूं अचानक अपने बेडरूम में घुसते देखकर चौंक पड़ी। मगनलाल बहुत खुश मालूम हो रहा था। अन्दर आते ही वह बच्चे की तरह चिल्ला पड़ा—"देखो मैंने क्या खरीदा है?"

"यह तो दस रुपये का नोट है"—रसना ने मुझे देखकर कहा।

"हां है तो दस का, मगर मैंने इसे बत्तीस हज़ार रुपये में खरीदा है।"

"ऐसी बावलेपन की बातें तुम अक्सर करते रहते हो।"

"यह बावलापन नहीं है, यह कोई मामूली दस रुपये का बाज़ारी नोट नहीं है—यह खास नोट है, अद्‌भुत नोट है—इस नोट का सानी सारे भारतवर्ष में नहीं है। शायद सारी दुनिया में नहीं है। आज दोपहर मैंने न्यूयार्क में एक डीलर को टेलीफोन किया

था। वह इस नोट के एवज़ एक लाख डालर देने को तैयार है।"

"आखिर इस नोट में है क्या—" रसना उकताई हुई मेरे चांदी के फ्रेम को देखने लगी और कांच पर हाथ फेरकर, मुझपर एक सरसरी-सी नज़र डालकर अपने पति की तरफ देखने लगी। वह बोला— 'ज़रा ध्यान से देखो, इण्डिया की 'डी' उल्टी छप गई है और प्रामिस की 'ई' गायब है।"

अब रसना ने मुझे ध्यान से देखा, फिर व्यंग्यात्मक दृष्टि से अपने पति की ओर। उसकी निगाहें कह रही थीं—अगर इस नोट की 'डी' उल्टी है और 'ई' गायब है तो क्या हुआ, तुम्हारे जिस्म की 'ई' भी तो गायब और 'डी' उल्टी है, फिर मैं क्या करूं?

"इस दस रुपये के नोट के लिए जिसे मैंने बत्तीस हज़ार में खरीदा है आज एक लाख डालर मिल रहे हैं। यह दुनिया का सबसे कीमती नोट है। आज तुम्हारी वर्षगांठ के शुभ अवसर पर मैं यह नोट तुम्हें भेंट करता हूं।"

रसना ने मुझे देखा, शृंगार-मेज़ के लम्बे आईने में अपने बालों को अपनी कमर के नाज़ुक खम तक लहराते देखा, कमरे के बीच खूबसूरत रेशमी चादरों से सजे डबल बैड की तरफ देखा, फिर जलन और खौलन की एक तड़पती हुई लहर उसके गुलाबी गालों तक आई और तपता हुआ लावा उसकी आंखों में चमकने लगा। उसने मुझे उठाकर ज़ोर से फर्श पर पटक दिया, चांदी का फ्रेम तो न टूटा लेकिन कांच टुकड़े-टुकड़े हो गया।

वह ज़हरीली निगाहों से अपने पति की तरफ देख रही थी। उसकी निगाहों की नफरत की काट मगन के दिल तक उतर गई। एक पल के लिए वह भौचक्का रह गया। फिर उसने आहिस्ता से अपना सर झुका लिया। उसने चांदी के फ्रेम को उठा लिया और मुझे लेकर कमरे से बाहर निकल गया।

रसना ने दरवाज़ा ज़ोर से बन्द कर दिया। फिर नाखूनों से नोच-नोचकर उसने अपने सारे कपड़े फाड़ डाले और फर्श पर बिन पानी की मछली की तरह तड़पने लगी। उसका सारा बदन जल रहा था, और हल्की-हल्की चीखें जो उसके अनछुए बदन की करा-हटें थीं।

फिर उसने शृंगार-मेज़ से यू-डी-कोलोन की एक बड़ी बोतल उठा ली, जिसके मुंह पर रेशमी डोरियों से बन्द रबड़ का फव्वारा लगा हुआ था। रबड़ दबाकर वह यू-डी-कोलोन की फुहार अपने मुंह पर, अपनी गर्दन पर, अपनी छातियों पर डालने लगी। जहां-जहां यू-डी-कोलोन की फुहार पड़ती थी, बदन ठण्डा हो जाता था।

बारह

इन्हीं दिनों एक अंग्रेज़ डाक्टर विलियम रिशर नगर में आया। वह मनोवैज्ञानिक ढंग से इलाज करता था। पूरे यूरोप में उसके नये इलाज के तरीके की धूम थी। वह यहां तीन मास के लिए आया था। चुन्नीलाल ने अपने बेटे और बहू को उसे दिखाया। विलियम रिशर के पास कोई सरकरी डिग्री नहीं थी। उसके इलाज का तरीका भी अनोखा और विचित्र था। मगर कई पुराने रोगी उसने चमत्कारिक रूप से ठीक कर दिए थे। वह केवल बड़े-बड़े लखपतियों का इलाज करता था क्योंकि उसकी पहली फीस पचास हज़ार रुपये थी। ज़ाहिर है इतनी बड़ी फीस कोई आम व्यक्ति तो दे नहीं सकता।

मगनलाल और रसना की जांच-पड़ताल के बाद सेठ चुन्नीलाल और विलियम रिशर में देर तक बातें हुईं। क्या बातें हुईं यह कोई नहीं जानता। मगर बातचीत के बाद विलियम रिशर फिर मगनलाल

से मिलने उसके अजायबघर में गया। मगनलाल से उसने उसके अजायबघर को देखने का अनुरोध किया। देर तक मगनलाल उसे अजायबघर की दुर्लभ वस्तुएं दिखाता रहा—क्रीट की खुदाई में मिली गुमनाम यूनानी मूर्तिकारों की सुन्दर मूर्तियां, मिस्र के एह-राम से चुराई गई फिरओनों के युग की ममियां और उनके आभू-षण, मिस्री पुरोहितों के गले के पवित्र हार और भरत नाट्यम् नाचती हुई एक नर्तकी का बुत, ग्यारहवीं शताब्दी की खोज सिसली के मूरी खंजर और चांदी के फ्रेम में जड़ा हुआ दस रुपये का एक नोट जिसका मूल्य आज एक लाख डालर तक पहुंच चुका था।

मगनलाल का विचार था कि डाक्टर को इन दुर्लभ वस्तुओं के बारे में अधिक जानकारी न होगी। मगर लम्बे-तड़ंगे मज़बूत मुस्कराते हुए डाक्टर रिशर का ज्ञान बहुत विशाल निकला। ऐसा लगता था जैसे पुरातत्त्व के सम्बन्ध में वह स्वयं कई साल तक रिसर्च करता रहा है। मगनलाल को उसके ज्ञान पर आश्चर्य हुआ। डेढ़ घण्टे अजायबघर में घूमने के बाद मगनलाल थक गया। वह जल्दी थक जाता था। दूसरे मौकों पर वह इसके लिए दो पहियों वाली कुर्सी इस्तेमाल करता था। मगर आज उसने स्वयं इस पश्चिमी डाक्टर के सामने व्हील कुर्सी पर बैठकर अजायबघर दिखाना उचित नहीं जाना।

अजायबघर देखकर वे दोनों पश्चिमी कोने के एक आरामदेह केबिन में आ गए जो मज़बूत कांच का बना हुआ था। जिसकी दीवार पर मैं एक चांदी के फ्रेम में टंगा था। यह केबिन एक तरह से मगनलाल का दफ्तर था। उसके सोचने का कमरा था। यहीं पर वह दोपहर में एक कोने में पड़े दीवान पर लेटकर आराम कर लेता था। यही उसका घर था। इस केबिन में बैठकर मगनलाल ने एक सिगरेट सुलगाया। डाक्टर ने अपना सिगार सुलगाया और

कुछ क्षणों के लिए खामोशी छा गई। फिर डाक्टर बोला—"मेरा ख्याल है तुम्हें कोई रोग नहीं है।"

"ऐं—" मगनलाल हैरत से चौंककर लगभग कुर्सी से उठ खड़ा हुआ।

"बैठो, बैठो—" विलियम रिशर की नीली-उजली साफ आंखों में सहानुभूति की एक झलक दिखाई दी।

"मगर?"—इतना कहकर मगनलाल हैरानी से विलियम रिशर की ओर देखने लगा। कैसी प्रमावशाली कड़ी गर्दन है डाक्टर की। कितना विश्वासपूर्ण मुख है इसका। क्या यह डाक्टर झूठ बोल रहा है? आज तक संसार में किसी डाक्टर ने उसे यह नहीं बताया कि उसे कोई रोग नहीं है। हर डाक्टर सिर्फ उसीको ज़िम्मेदार ठहराता था। यह पहला डाक्टर था—मगर—यह हो कैसे सकता है?

मगनलाल चकित होकर डाक्टर की ओर ताके जा रहा था। इसकी मुस्कराहट कितनी सेहतमंद और मनमोहक है। जैसे प्रसन्नता भीतर से झांक रही हो। आयु छत्तीस-सैंतीस साल से अधिक न होगी। मगनलाल ने उसे देखते हुए अन्दाज़ा लगाया।

डाक्टर रिशर ने मुस्कराकर कहा—"सुनो मगन, तुम्हारे शरीर में कोई दोष नहीं है। दोष रसना के शरीर में है।"

"रसना में?"—मगनलाल की आवाज़ अकस्मात् ऊंची ही गई।

"हां, हां, रसना में, चिल्लाओ मत, शांन्ति से मेरी बात सुनो। में टैक्निकल विस्तार में नहीं जा सकता। तुम समझ नहीं सकोगे। मोटे ढंग से समझाने की कोशिश करूंगा—तुम्हारी स्नायु-रचना अत्यधिक सचेत है, तुम्हें ऐसी औरत की ज़रूरत नहीं है जो लाबे की तरह भड़कती हो—ऐसी औरत का शारीरिक तापक्रम तुम्हारे स्नायुओं को सर्द कर देगा। दुर्भाग्य से इस उम्र में जिसमें

रसना है युवा नारियों का शारीरिक तापक्रम प्रायः यही होता है—फिर त्वचा के अन्दर के कोषाणुओं में शरीर के हर भाग से विद्यु त्-चार्ज घूमते रहते हैं। ये विद्युत्-चार्ज पुरुष और नारी के बीच एक विशेष कामुक सन्तुलन बनाते हैं। अगर वह विद्यु त्-चार्ज एक ओर बहुत ऊंचा है और दूसरी ओर बहुत नीचा है—तो सन्तुलन स्थापित नहीं होगा। तुम्हारा सचेत नाड़ीमंडल दूसरी ओर से आने वाले विद्युत्-चार्ज को सहन नहीं कर पाता। धनात्मक लहर ऋणात्मक में बदल जाती है या चार्ज तटस्थ हो जाता है।"

"मगर वह दूसरी औरतें...?"—मगनलाल ने वाक्य अधूरा रहने दिया।

"बदकिस्मती से तुम्हें जो भी औरतें मिलीं, 'हाई वोल्टेज़' वाली थीं। वरना तुम्हारे जिस्म में कोई नुक्स नहीं है—वह एक सचेत नाड़ीमंडल है। मैं उसमें कोई परिवर्तन करना नहीं चाहता। मगर मैं रसना का इलाज करना चाहूंगा। उसका शारीरिक तापक्रम बदलना चाहूंगा। उसके मनोविज्ञान का अध्ययन करके उसके स्वभाव, भोजन और वेशभूषा में उचित परिवर्तन करना चाहूंगा।"

मगनलाल का दिल खुशी से उछलने लगा। बड़ी खुशी से वह बोला—"डाक्टर, क्या तुम्हें वास्तव में विश्वास है कि मुझमें कोई नुक्स नहीं है?"

"सौ प्रतिशत।"

"और रसना तुम्हारे इलाज से अच्छी हो जाएगी?"

"इसकी भी मुझे सौ फीसदी आशा है। रसना मेरे इलाज से अच्छी हो जाएगी। इसमें समय भी लगेगा और काफी खर्च भी उठाना पड़ेगा, मगर अन्ततः इसका मुझे पूरा विश्वास है कि मैं रसना के जिस्म का विद्युत्-सन्तुलन ठीक करने में अवश्य सफल हो जाऊंगा।"

मगनलाल ने बड़े उल्लासपूर्वक डाक्टर से हाथ मिलाया। कांपती हुई आशापूर्ण आवाज़ में बोला—"डाक्टर, तुम इलाज शुरू कर सकते हो।"

विलियम रिशर रसना को कई बार सिनेमा ले गया। उसका अनुमान सही निकला। रसना रोमांटिक चित्र बिल्कुल पसन्द नहीं करती थी और ज़्यादातर 'हारर' चित्र देखना चाहती थी। ऐसी तस्वीरें जिनमें अपराध, मारधाड़ हो या जिनमें रहस्यमय और भयानक वातावरण हो। शारीरिक पीड़ा के भयभीत करने वाले दृश्य हों। ऐसे चित्रों से उसके मस्तिष्क को एक अजब शान्ति का आभास होता था। विलियम रिशर उसे कई बार समुद्र के किनारे टहलाने ले गया और उसका अन्दाज़ सही निकला। रसना को शान्त सोया हुआ समुद्र प्रिय नहीं था। बिफरे हुए सागर की तूफानी लहरें उसे बहुत भाती थीं।

"जी चाहता है कि मैं दौड़कर इसमें कूद जाऊं।"—रसना डाक्टर की ओर देखकर बोली। वे उस समय समुद्र के किनारे एक सुनसान तट पर खड़े थे। दूर-दूर तक कोई आदमी नज़र नहीं आता था।

"तो कूद जाओ।" डाक्टर ने कहा।

"मुझे तैरना नहीं आता।"

"कोई बात नहीं, कमर तक पानी में नहाओ। दूर तक आगे मत जाना।"

"मैं डूब जाऊंगी।"—रसना ने कांपकर कहा।

"मैं तुम्हें बचा लूंगा। मुझे तैरना आता है।"—विलियम रिशर ने कहा— "सारे कपड़े उतारो और पानी में घुस जाओ।"

"हाय!"रसना एकदम खुशी और डर के मारे बोल पड़ी—"मेरे पास तो बिकिनी भी नहीं है।"

"परवाह न करो, मैं मुंह फेर लेता हूं। तुम कपड़े उतारकर समुद्र में घुस जाओ तो मुझे आवाज़ देना।"

"नहीं!" रसना शरमाते हुए बोली। उसके कपोल लाल हो उठे थे और तेज़ हवा से उसके बाल बिखरकर उसके माथे पर आ रहे थे। विलियम रिशर ने उसके कांपते कन्धों पर हाथ रखते हुए कहा—"जैसा मैं कह रहा हूं वेसे ही करो।"

"तो अपना मुंह उधर कर लो।"

"लो कर लिया।"—डाक्टर बोला।

धीरे-धीरे झिझकते हुए रसना ने सारे कपड़े उतार दिए। केवल एक चड्डी और चोली पहने हुए पानी में घुस गई और लहरों से खेलने लगी। यकायक हंसी का फव्वारा उसके मुंह से उबल पड़ा। वह चीखकर बच्चों की सी चंचल आवाज़ में बोली—"तुम भी आ जाओ, पानी बहुत मज़ेदार है।"

पानी रसना के सारे जिस्म पर एक गुदगुदी कर रहा था। झाग के सफेद-सफेद बुलबुले उसके शरीर को चूम रहे थे। चारों ओर पानी ही पानी की बांहें। वह और भी समुद्र के भीतर पानी में घुस गई।

"आ जाओ, समुद्र बहुत मज़ेदार है।"

"आगे मत जाओ।"—रिशर ने उसे चेतावनी दी।

"मैं तो जाऊंगी।"—रसना बच्चों की तरह ज़िद करती हुई बोली।

वह दो कदम और पानी के अन्दर चली गई। समुद्र की एक बहुत बड़ी उछाल यकायक उसके बदन से टकराकर टूट गई। पानी बहती हुई भावनाओं की भांति उसके बदन पर से गुज़र रहा था। झाग की पिघली चांदी-जैसी कतरनें आवारा कहकहों की तरह उसके शरीर पर नृत्य कर रही थीं। खुशी से बेकाबू रसना हंसने

लगी। लहरें दूर-दूर तक अंगड़ाइयों की तरह टूटने लगी थीं। खुला नीला आस्मान—रिशर की आंखों की तरह साफ, बेदाग, दूर-दूर कहीं-कहीं पर ऊंचे लम्बे नारियल के दरख्त। रिशर के जवान और मज़बूत शरीर की तरह तन्दुरुस्त और अकेले समुद्र का गुंजीला आर्केस्ट्रा और लहरों की जवान बांहें।

रसना ने दो कदम और आगे को लिए। अब पानी उसके कन्धों तक था।

"अब आगे मत जाओ।"—रिशर मुस्कराकर बोला और अपने कपड़े उतारने लगा। रसना उसे अपने कपड़े उतारते हुए देख रही थी।

रिशर ने कमीज़ उतार दी थी। उसके भूरे-भूरे बाल हवा में हौले-हौले हिलने लगे थे जैसे ऊपर पेड़ की चोटी पर हवा से हिलती हुई नारियल की हरी-हरी मोरपंखियां।

"अपनी आंखें बन्द कर लो।"—रिशर अकड़कर बोला।

रसना ज़ोर से हंसी। उसने अपनी आंखें बन्द कर लीं। अचानक समुद्र की दूसरी उछाल आई और रसना के सिर से गुज़र गई। जब गुज़र गई तो रसना का कहीं अस्तित्व न था। केवल भंवरों के थपेड़े थे और झाग उगलता हुआ समुद्र। कुछ क्षणों के बाद निकट के पानी में रसना का शरीर रिशर को हाथ मारता नज़र आया। वह उछलकर पानी में कूद गया। रसना ऊपर को फिर दोबारा उभरी तो रिशर की बांहों ने उसे ऊपर उठा लिया। वह पानी में बहुत दूर गहरी नहीं गई थी। जल्द ही रिशर ने मामले को संभाल लिया। अब वह उसे बांहों में लटकाए हुए तट की ओर ला रहा था।

रसना पानी की कुल्लियां करती थी। डर से उसके सीने से लिपटी जा रही थी। भय से हांफती थी। बच जाने से प्रसन्न थी। रिशर की बांहें बहुत आरामदेह थीं। इसीलिए उसे कुछ बुरा भी लगा, जब साफ खुश्क रेत पर आकर रिशर ने उसे अलग लिटा

दिया। "इट वाज—इट वाज टच एण्ड गो।"—हांफते हुए अंग्रेज़ी में बोली।

"नेव्हर!"—रिशर ने मज़बूत लहज़े में कहा—"तुम मेरे इतने निकट थीं तभी तो मैंने तुम्हें पानी में जाने की अनुमति दी थी।" रसना की गोल-गोल कोहनियां रेत में गीले गढ़े बना रही थीं। वह अपने बाज़ू सिकोड़कर इन गढ़ों में अपनी अंगुलियां फेरती हुई बोली—"अगर मैं डूब जाती तो तुम क्या करते?"

"मैं समुद्र को आवाज़ देता और लहरों की उछाल में तुम्हारा शरीर बीनस की भांति निकल आता।"

"डाक्टर रिशर।"—रसना बोली।

"मुझे विल कहो।"

"विल!"

"हूं।"

"जानते हो आज तुमने मेरी जान बचाई है।"

मगर विल देर तक कुछ नहीं बोला, उसने अपने हाथ छाती पर बांधे हुए थे और आंखें बन्द कर ली थीं। शायद वह सो रहा था। फिर रसना भी नहीं बोली। केवल समुद्र देर तक गर्जना करता रहा। कभी-कभी कोई लहर कानों में कुछ फुसफुसा जाती थी। सरगोशी कर जाती थी। कोई पौन घण्टे बाद जब धूप के तौलिए ने उनके शरीर खुश्क कर दिए तो रसना चौंककर उठी। डाक्टर को अपने हाथ से झंझोड़कर बोली—"उठो! घर नहीं चलोगे क्या?"

कपड़े पहनकर वे दोनों गाड़ी की ओर चले। यकायक रसना ने अपने दाहिने कान को हाथ लगाकर कहा— "मेरे कान की एक बाली शायद पानी में डूब गई।"

"कीमती थी?"

"हीरों की थी।"

"कोई हर्ज नहीं। कोई मछली उसे निगल लेगी। कोई मछेरा जाल डालकर मछली को पकड़ लेगा। किसी दुकान से कोई गरीब औरत उस मछली को खरीद लेगी और जब उसका पेट चाक करेगी, तो वह चमकती हुई हीरे की बाली एक चमत्कार की तरह निकलेगी।"

रसना ज़ोर से हंसी—"तुम कितनी दिलचस्प बातें करते हो। ऐसी दिलचस्प बातें तो मेरे पति ने कभी मुझसे नहीं की।"

विल बड़ी गम्भीरता से बोला—"पति ऐसी बातें नहीं करते।" बटन दबाकर गाड़ी स्टार्ट कर दी। जब गाड़ी स्टार्ट होकर चलने लगी, तो दूर चट्टानों की ओट में छुपा हुआ मगनलाल देर तक गर्दन घुमाकर आधे घेरे में घूमती हुई गाड़ी को घूरता रहा। फिर जब गाड़ी मोड़ से ओझल हो गई तो उसने अपनी आंखें समुद्र की लहरों पर जमा दी जिधर उसकी बंसी की डोर पड़ी थी। देर तक वह बंसी की डोर को हिलाए बिना समुद्र की लहरों को देखता रहा।

बहुत रात गए तक मगनलाल अपने घर में घूमता रहा। आज उसने यह बहाना कर लिया था कि वह काम में बहुत लीन है। रात के खाने पर भी नहीं आया था। अपना खाना उसने अजायबघर में ही मंगा लिया था। खाना खाकर और फ्रेंच कोन्याक के दो छोटे-छोटे जाम पीकर वह शीनी की मूर्ति को उसके बक्से में से खोलने लगा। यह बक्सा आज ही लन्दन से हवाई जहाज़ द्वारा आया था। बक्से में शीनी का मशहूर मुजस्समा बन्द था। इस मुजस्समे या मूर्ति का नाम था 'अंगड़ाईं'। एक नारी अंगड़ाई तोड़ रही थी। मगनलाल बहुत उत्सुकता से बुत को बक्से में से निकालने लगा।

बहुत रात गए खाना खाने के बाद डाक्टर और रसना देर तक

बातें करते रहे। पहले खाने के कमरे में फिर विलियम के कमरे में जो रसना के कमरे से लगा हुआ था। विल के हाथों पहली बार रसना ने थोड़ी पोर्ट चखी। वह पीती नहीं थी, मगर विल ने आग्रह किया कि यह भी इलाज में शामिल है। शोपां का संगीत धीरे-धीरे रिकार्ड पर चल रहा था। रसना की आंखों में मधु छलकने लगा। वह मानो आती हुई निद्रा की अर्ध चेतना के नशे में बोली—"मुझे नींद आ रही है।"

"तुम अपने कमरे में जाओ, मैं अभी आता हूं।"

रसना ने चौंककर कहा—"तुम क्यों आते हो?"

"तुम्हारे शरीर पर मालिश करूंगा।"

रसना अपने कमरे में चली गई।

शीनी की काली नारी की मूर्ति कयामत-भरे पोज में थी। मगनलाल ने उसे एक कोने में खड़ा करके चारों ओर से बड़े गौर से देखा। बिलकुल बे-ऐब, बेनुक्स। हद दर्जे उत्तेजित करने वाली। वह एक नरम बुरदार कपड़ा लेकर उस स्याह बुत के अंगों को चमकाने लगा। मगन ने अपने रिकार्ड-चेंजर पर एक उदास रूमानी धुन का रिकार्ड लगा दिया था। पत्थर की मूर्ति के सुडौल अंग बुरदार कपड़े पर लगे पालिश से हौले-हौले चमकने लगे। मगन ने बुरदार कपड़ा नीचे रख दिया और अपने हाथ उस मुजस्समे की बांहों पर फेरने लगा।

इसका और मेरा तापक्रम कितना मिलता है? यह पत्थर का है और मैं बर्फ का हूं। बिजली न इसमें है, न मुझमें।

डाक्टर रिशर ने रसना के कमरे में दो एयर-कन्डीशनर लगवाए थे। इस समय उसने इनका टेम्प्रेचर ठीक किया था। बत्तियां बहुत धीमी कर दी थी और अब बहुत गम्भीरता से अपनी कमीज़

की आस्तीनें ऊपर चढ़ाए हुए रसना की पीठ पर बादामी रंग के मरहम से मालिश कर रहा था। उसके सधे हुए माहिर हाथ—पांव की पोरों से कमर के खम के उभार तक जाते थे और मालिश के दायरे बनाते हुए लौट आते थे। रिशर ने रसना को बताया था कि इस मालिश का प्रभाव जिल्द के अन्दर तक पहुंचकर धीरे-धीरे रसना के स्नायुमण्डल को ठीक कर देगा। डाक्टर रिशर कमर से कन्धे तक पहुंच गया। अब वह डबलबैंड के किनारे खड़े होकर रसना पर झुककर उसके कन्धों और गर्दन पर मालिश कर रहा था। मगर रसना का नाड़ीमण्डल ठण्डा होने के बजाय उसके अंग-अंग में चिनगारियां भर रहा था। धीरे-धीरे वे सुलगने लगीं, पांव के पोर से लेकर कमर के खम तक वह बिजली की एक तेज़ लहर को दौड़ती हुई महसूस कर रही थी। फिर भी वह दांत पीसकर दम साधे पड़ी रही—हे भगवान! यह बहुत मुश्किल है—बहुत मुश्किल है। उसने जल्दी से बालों की एक लट मुंह में दबा ली। उसके नथुने फूलने लगे थे और सांस ज़ोर-ज़ोर से चलने लगी थी। उसने दोनों हाथों में अपना मुंह छिपा लिया—कल वह मालिश नहीं करवाएगी। साफ इन्कार कर देगी।

हौले से डाक्टर ने बालों की लट उसके मुंह से निकाल ली। अब उसके मरहम से चिकने हाथ उसके बालों में थे। 'ना-ना! मेरे बालों को मत छुओ।' रसना ने अपने दिल में कहा। मगर कुछ बोल नहीं सकी। उसका दम रुकने लगा। रिशर के हाथ आहिस्ता-आहिस्ता उसके बालों में घूम रहे थे। आहिस्ता-आहिस्ता गर्दन और गुद्दी की चुटकियां लेते हुए बालों के अन्दर की जिल्द को सह-लाते हुए—बालों की एक-एक लट को संवारते हुए रिशर को ऐसे लगा जैसे वह शोलों में कंघी कर रहा है।

अकस्मात् करवट बदलकर रसना उठी। उसकी आंखों से

चिंगारियां निकल रही थीं और होंठ ज़रा खुले थे। उसने महाक्रोध की एक तेज़ निगाह रिशर पर डाली और अपनी बाज़ुओं से उसकी गर्दन को जकड़कर पागलों की तरह उसके मुंह को चूमने लगी।

"विल—मेरे विल—मेरे—मेरे—मेरे—मेरे विल।"

अजायबघर में मगनलाल दोनों हाथों से उस काली मूर्ति के पांव पकड़े हुए रो रहा था—धीरे-धीरे कोने में रिकार्ड चल रहा था—

आज सजन मोरे अंग लगे हैं—
सफल भयो मम देहा

दिन बीतते गए। मगन अधिक से अधिक अपने अजायबघर तक सीमित होता गया। महलनुमा घर का ज़नाना भाग रसना के लिए खुले उल्लास-भरे ठहाकों से भरता गया। चाल में ज़्यादा लचक आ गई थी और आंखों में चिंगारियों का स्थान एक उजली-सुथरी धूप ने ले लिया था। ऐसी धूप जो सावन की घटा बरस जाने के बाद आती है। अब रसना हर समय गुनगुनाती रहती। उसपर मूर्च्छा के दौरे भी नहीं पड़ते थे। कई-कई दिन तक मन्दिर में नहीं जाती थी।

तीन मास बाद डाक्टर रिशर इंगलैंड चला गया। उसके जाने के छः मास बाद रसना के एक बच्चा हुआ। करोड़पती कुल का वारिस उत्पन्न हो गया। दादा की खुशी की कोई सीमा नहीं थी।

दान-पुण्य करने के लिए उसने अपनी थैलियों का मुंह खोल दिया। पहली बार जब मगन ने बच्चे को देखा तो देर तक चुपचाप देखता रह गया। रसना ने अपनी आंखें बन्द कर ली थीं। उसका चेहरा एक पूरा नकाब था। डाक्टर और दो नर्सें करीब खड़ी उसे ध्यान से देख रही थीं। दादा भी एक कोने में खड़े उसे गौर से देख

रहे थे।

बच्चा बहुत सुन्दर था। गुलाबी-गुलाबी फूले हुए गाल और उनके ऊपर नीली आंखें और गोरे-गोरे दूधिया हाथ-पांव वाला नन्हा मुन्ना पालने में पड़ा प्रसन्नता से ठुमक रहा था।

मगनलाल ने झुककर उस शिशु को गम्भीरता से अपनी बांहों में उठाया। उठाकर अपनी छाती से लगाया। उसके माथे को ऐसे चूमा जैसे सलीब को चूम रहा हो। फिर बहुत एहतियात से बच्चे को पालने में रख दिया और चुपचाप कुछ कहे बिना कमरे से बाहर चला गया।

दूसरे साल डाक्टर रिशर इलाज के लिए फिर आया। आया तो वह दो मास के लिए था, किन्तु रसना ने आग्रह करके उसे और तीन मास के लिए रोक लिया। उसके जाने के सात मास बाद फिर एक लड़का हुआ, पहले से अधिक सुन्दर और तन्दुरुस्त।

दूसरे बच्चे की जचगी से अवकाश पाकर रसना भी स्विट्ज़रलैण्ड चली गई। अपने दोनों बच्चों को लेकर उसका इरादा कुछ महीने योरुप का भ्रमण करने का था। करोड़पती सेठ ने यह व्यवस्था कर दी थी कि इस बीच डाक्टर रिशर रसना के साथ रहेगा और हर समय उसके स्वास्थ्य का खयाल रखेगा।

जब रसना योरुप चली गई तो उसके कुछ दिन बाद एक रात मगन अपने बाप के शयन-कक्ष में पहुंचा और उसने कहा—"अब जब कि आपके वंश के दो वारिस पैदा हो गए हैं, बल्कि मुमकिन है तीसरा भी हो जाए, मैं यहां से जाना चाहूंगा।"

"जहां जाना चाहो, जा सकते हो।" मैंने आज तक तुम्हारी कौन-सी इच्छा पूरी नहीं की। मैं तो चाहता था कि योरुप के सफर में तुम भी रसना के साथ जाते, मगर तुमने स्वयं ही इन्कार कर दिया था। अब कहां जाना चाहते हो?"

"आप समझते नहीं।"—मगन ने अपने बापसे कहा—"मैंने इस घर को छोड़ने का फैसला कर लिया है।"

"किसी दूसरे घर में रहना चाहते हो?"

"नहीं।"—मगन रुक-रुककर कहने लगा—"मैं वास्तव में इस घर को हमेशा के लिए छोड़ देना चाहता हूं। मैं आपसे एक पैसा भी नहीं लेना चाहता। केवल कुछ चीज़ें यहां से लेकर चला जाऊंगा।"

"मगर क्यों?"

"कारण आप जानते हैं।"

सेठ चुन्नीलाल कुछ देर चुप रहा, फिर कुछ सख्त लहजे में बोला—"मूर्ख मत बनो, तुम अगर मेरी जगह होते तो यही करते। जानते हो हमारा वंश भारत के पहले तीस वंशों में से है—दौलत और ताकत के एतबार से। यही तीस खानदान हिन्दुस्तान पर हुकूमत करते हैं। वज़ीरों के नाम और पद हमेशा बदलते रहते हैं। मगर दरअसल राज्य हमारा ही है। तुम क्या कहना चाहते हो? इस ताकत और दौलत को बेऔलाद छोड़ देता और शत्रुओं के हाथों में जाने देता।"

"वे बच्चे मेरे बच्चे नहीं हैं। और वह पत्नी भी मेरी पत्नी नहीं है।"

"इस तरह तो यह दौलत जोहमने पिछले सौ सालों से इकट्ठी की है हमारी नहीं हैं। ऐसे खोखले उसूल स्टेज और धार्मिक पुस्तकों में ही अच्छे लगते हैं। जीवन में इनका क्या काम? तुम्हारे पूर्वज इन उसूलों पर चलते तो हम दोनों आज फुटपाथ पर होते! मूर्ख न बनो।"

मगनलाल ने क्रोध में अपने कन्धे उचकाए। उसके बाप ने मगन को कन्धे से पकड़कर करीब की एक कुर्सी पर बिठा दिया और स्वयं पलंग पर बैठ गया। कुर्सी और पलंग के बीच एक तिपाई थी जिस

पर उसके खूबसूरत पोतों की तस्वीरें केबिनेट साइज़ में जड़ी रखी थीं।

सेठ चुन्नीलाल बहुत देर तक उन दोनों बच्चों के फ्रेम से खेलता रहा। उसकी बेचैन अंगुलियां कभी एक फ्रेम पर जाती कभी दूसरे फ्रेम पर। आखिर उसने निगाह उठाकर अपने बेटे की ओर देखा और तस्वीरों की ओर इशारा करके बड़े तीखे स्वर में बोला—"एक दिन मैं भी इसी तरह पैदा हुआ था।"

उसने वह दुनिया छोड़ दी थी और अब अकेला शहर की सड़कों पर घूम रहा था। आते समय उसने अपने साथ कुछ नहीं लिया था। केवल चांदी के उस फ्रेम को, जिसमें मैं बन्द था, उठाकर अपनी जेब में डाल लिया था। जेब में कुछ आने थे। और वह इसी तरह घर से निकल आया था चोरों की तरह। बाप को बताए बगैर, कोई चिट्ठी छोड़े बिना। मगर यह उसने पक्का फैसला कर लिया था कि अब वह उस घर में कभी वापस नहीं जाएगा। वह क्या काम कर सकता है उसे यह भी नहीं पता था। दरअसल आज तक जिस दिन से वह पैदा हुआ था उसने कभी कोई काम नहीं किया था। उसका सारा शरीर आज तक मुकम्मल बेकार रहा था। हाथ-पांव, दिल-दिमाग, रग-रेशे, नसें सभी बेकार रहे थे। जीबन-भर उसे चांदी के चमचे से दूध पिलाया गया था। बेबहार के अंगूरी दानों की तरह उसे हमेशा नरम रुई और रेशम में लपेटकर रखा गया था। उसे अपने शरीर को कभी ठीक से इस्तेमाल करने का मौका ही नहीं मिला···

कुछ भी हो वह कभी बापस नहीं जाएगा। देर तक सड़कों पर इधर-उधर घूमता रहा। उद्देश्यहीन—आवारा—वह घूमना जानता था। वह चलते रहना जानता था—उसे डर था कि यदि वह कहीं रुक गया तो कहीं वापस न चला जाए। अपनी ज़िन्दगी में आज

तक वह कभी इतना नहीं चला था। महज़ चन्द कदम चला था। पोर्च से गाड़ी तक, लिफ्ट से बरामदे तक, बस पैदल चलने के यही कुछ कदम याद थे। दर्द के मारे जिस्म से पसीना बह रहा था। फिर भी वह चलता गया। रात के ग्यारह बजे वह थककर सदानन्द रोड के नाके पर एक बारहमंज़िला ऊंची मगर अधूरी बिल्डिंग के बाहर रोड़ी और बजरी के ढेर पर सो गया। सामने से समुद्र की खुली सुहानी हवा के झोंके आ रहे थे। वह कमर सीधी करके पांव फैलाते ही सो गया।

वह कब तक सोता रहा उसे मालूम नहीं था। यकायक किसीने उसे ज़ोर से झिझोड़कर जगाया। हड़बड़ाकर उसने आंखें खोल दीं। तेज़ धूप का प्रकाश उसकी आंखों में भाले की तरह चुभ गया। वह पलकें झपकाता, आंखें मलता जल्दी से उठ बैठा···

तेरह

एक कसे बदन वाली स्वस्थ काली औरत बजरी की टोकरी उठाए उसके सिर पर खड़ी थी। मगर पहले तो उसने सिर्फ उसकी नंगी काली पिंडलियां देखी थीं—उन्हें देखकर वह एकदम चौंक गया—शीनी की प्रतिमा! जल्दी से उसकी दृष्टि ऊपर गई।

"ऐ बाबू, उठ। कब तक सोता रहेगा?"

उसके सफेद दांत बिजली की तरह चमके—क्या रात को दारू ज़्यादा चढ़ा गए थे?

इतना कहकर उसने ढेर से टोकरी में बजरी भरी और टोकरी को उठाकर उसके जवाब का इन्तज़ार किए बगैर बिल्डिंग की ओर चली गई। वह देर तक उसकी लचकती कमर और डोलती छातियों की ओर आश्चर्य से देखता रहा। क्या शीनी ने इसी नारी को देखकर पत्थर की मूर्ति बनाई थी। वह उठ गया और उसने अपने दोनों बाज़ू अपनी टांगों पर बांध लिए और घुटनों पर अपनी ठोड़ी को टिका लिया

और उस नारी को देखने लगा, जो अब फिर बजरी उठाने उसके निकट आ रही थी। वह बोली—"अब घर जाओ!"

वह बोला—"घर तो छोड़ आया।"

"तो धन्धे पर जाओ।"

"मैं कोई धन्धा नहीं जानता।"—वह अफसोस से सिर हिलाकर बोला।

"तो अब तक कैसे ज़िन्दा थे?"

"ज़िन्दा भी था कि नहीं इसमें शक है।"

"अजीब आदमी हो,"—औरत ने हैरानी से सिर हिलाया। उसकी एक चमकती हुई लट उड़कर उसके बालों से नीचे गिरकर हिल रही थी।

"मुझे प्यास लगी है"—मगनलाल ने अपने खुश्क होंठों पर अपनी खुश्क जीभ फेरी।

"वह उधर सीमेंट और बजरी मिलाने की जगह पर पानी का नल है—जल्दी से जाकर पी लो।"

वह पानी पीकर आया और फिर उसी बजरी के ढेर पर बैठ गया।

"तुम जाते क्यों नहीं?"—उस काली औरत ने फिर टोकरी में बजरी भरते हुए पूछा।

"भूख लगी है।"

"भूख लगी है तो कोई काम करो।"—वह टोकरी उठाकर फिर चली गई।

जब वापस आई तो मगन ने कहा—"मुझे कोई काम दिलवा दो।"

"क्या काम कर सकते हो?"

"जो तुम कर सकती हो।"

"मैं तो बजरी ढोती हूं।"

"मैं भी ढो लूंगा।"

वह उसके पीले चेहरे और दुबले-पतले शरीर को देखकर हंसी। कुछ कहा नहीं उसने। टोकरी उठाकर चली गई। फिर जो वापस आई तो सफेद बालों वाले और सफेद मूंछों वाले एक बुड्ढे को साथ लेकर आई।

मगन को देखकर उस सफेद मूंछों वाले बुड्ढे के मुंह पर एक मुस्कान आई। —"उठकर खड़े हो जाओ"—वह बोली। मगन उठकर बजरी के ढेर पर खड़ा हो गया। बुड्ढे ने उसे सिर से पांव तक देखा फिर बोला—"काम करेगा?"

"करेगा।"

"इधर मर्द लोग को डेढ़ रुपया रोज़ मिलता है, औरत लोग को एक रुपया मिलता है। तुम्हारा शरीर बहुत दुर्बल है, ज़नानी के माफिक",—वह हंसा—"तुमको सिर्फ एक रुपया रोज़ मिलेगा। —"चलेगा?"

"चलेगा।"

"तो उठाओ टोकरी और बजरी भरो!"

दिन-भर वह बजरी भरता रहा। पहली बीस-पच्चीस टोकरियों में तो उसे कोई तकलीफ नहीं हुई, फिर धीरे-धीरे उसके अंग बुरी तरह दुखने लगे। टोकरी भारी प्रतीत होने लगी। जिस्म से पसीना छूटकर बहने लगा। सूरज की किरणें सुइयों की तरह उसके जिस्म में चुभने लगीं। उसे बार-बार प्यास लगने लगी। हाथ-पांव भारी महसूस होने लगे, जैसे उसकी रगों में खून की बजाय पिघला हुआ सीसा बह रहा हो। फिर भी वह दांत पीसकर दिन-भर टोकरी उठाता रहा। दिन में दस बार उसे विचार उठा कि वह टोकरी फेंक-कर चला जाए। सड़क पर से गुज़रती हुई किसी टैक्सी को आवाज़

देकर रोक ले और सीधा अपने सुख और आनन्द के संसार में पहुंच जाए—मगर वह दांत पीसकर काम करता रहा। शाम को जब उसे छुट्टी मिली, तो वह उसी बजरी के ढेर पर खाली टोकरी फेंककर हांफता हुआ लेट गया। शाम की समुद्री हवा हौले-हौले उसके शरीर का पसीना सुखाती गई। उसे नींद आने लगी। वह अपने शरीर में बहुत दुर्बलता अनुभव कर रहा था। उसे मालूम ही नहीं हुआ कब उसकी आंखें बन्द हो गईं—कब वह सो गया। एकाएक रात को किसीने उसे झंझोड़कर जगाया—वह काली औरत उसके सिर पर झुकी हुई कह रही थी—"उठो, खाना खा लो—क्या भूखे ही सोओगे?"—उसने घबराकर इधर-उधर देखा। समुद्र बहुत धुंधला हो चला था। बारहमंज़िला अधूरी बिल्डिंग दानव की भांति मुंह फाड़े खड़ी थी। उसके पैरों पर मज़दूरों की छोटी-छोटी टोलियां खाना खाने या पकाने में लीन थीं।—आवाज़ें, गालियां, हंसी—औरतों की चहकारें—नंग—धड़ंग काले बच्चे।

एक मोटी चपाती पर उस काली औरत ने थोड़ा-सा साग रख दिया। पहले तो मगन की समझ में नहीं आया कि वह इसका क्या करे। वह छुरी-कांटों से खाना खाने का आदी था। और कोई तरीका उसकी समझ में नहीं आता था। मगर उसे अब भूख भी ज़ोरों से लग रही थी। उसने चपाती को तोड़-तोड़कर गम्भीरता से एक सासेजनुमा सैंडविच बनाया और उसे बड़ी अदा से खाने लगा। काली औरत मुस्कराकर उसकी ओर देखती रही। खाकर उसने कहा—"एक चपाती और दो।"

"नहीं",—वह बोली—"आजकल राशन महंगा है। पहले हम दो चपाती खाते थे, अब सब लोग सिर्फ एक चपाती खाते हैं।"

"मगर मुझे बहुत भूख लगी है।"

"तो नल से ज़्यादा पानी पीकर सो जाओ, पर दूसरी चपाती

नहीं मिलेगी।"

नल से पानी पीकर वह अपनी जगह पर लेट गया। मगर अब उसे नींद नहीं आ रही थी। आसमान में तारे खिले हुए थे। वह देर तक उन्हें देखता रहा। फिर उसने करवट बदल निकट लेटी हुई नारी को देखा—वह भी खुली आंखों से उसकी ओर देख रहा थी।

"तुम्हारा नाम क्या है?"—मगन ने उससे पूछा।

"तुलसी।"—वह बोली।

"तुम्हारा घर वाला किधर है?"

"मैंने घर वाले को छोड़ दिया है।"

"क्यों?"

"दारू पीता था।"

"कोई बाल-बच्चा है?"

"एक लड़की थी—तानी, वह मर गई।"

देर तक वह चुप रहा। हवा के हल्के-हल्के झोंके आते रहे और मगन के बदन को गुदगुदाते रहे। तुलसी ने अपने दोनों बाज़ू अपनी छातियों पर बांध लिए थे और प्रकट में आकाश को देखने में खोई हुई थी। वह अचानक बोली—"तुम्हारा नाम?"

"मगन।"

"घर वाली?"

"वह मुझे छोड़कर चली गई है।"

"कोई बाल-बच्चा?"

"कोई नहीं—!"

फिर रात-भर तुलसी नहीं बोली। मगन भी तारे गिनते-गिनते सो गया। सुबह जब उठा तो उसका सारा शरीर तप रहा था और दुख रहा था। पर उसने तुलसी को कुछ नहीं बताया—टोकरी उठा-

कर दिन-भर काम करता रहा। कभी-कभी उसे ऐसा महसूस होता था कि काम करते-करते उसका दम निकल जाएगा। फिर भी वह दांत पीसकर काम करता रहा। शाम को बिलकुल बेदमहोकर ज़मीन पर बेसुध पड़ गया। रात को तुलसी ने उसे जगाया। वह हाथ में थाली लिए उसके सिरहाने बैठी थी और उसकी ओर सहानुभूति से देख रही थी।

"तुम्हें तो बुखार है।"

"यूं ही सा है।"

"कोई दवा लोगे?"

"नहीं, कल तक ठीक हो जाऊंगा।"

"उठो, खाना खा लो। आज तुमको दो चपातियां मिलेंगी।"

तुलसी ने थाली उसके सामने रख दी और अपना खाना उसमें से उठा लिया।

"तुम थाली ले लो—मैं अपनी चपातियां हाथ में रखकर खा लूंगा।"

"नहीं, तुम थाली ले लो।" —तुलसी ने आग्रह किया।

मगन ने थाली में खाना खाया। खाना खाते ही सो गया। कुछ तो बुखार था, कुछ थकान—बिलकुल बेसुध होकर सो गया। रात को तुलसी दो-एक बार उठी। उसने मगन को बजरी के ढेर पर बिलकुल बच्चों की तरह सोते देखा—गोल गेंद की तरह—घुटनों में अपना मुंह छिपाए हुए। तुलसी ने अपना पुराना फटा-सा मगर गरम लिहाफ उसपर डाल दिया। बहुत सुबह सवेरे जब मगन को प्यास लगी तो उसने तुलसी के लिहाफ को अपने ऊपर देखा। करीब ही तुलसी बेखबर सो रही थी। तारे मन्द पड़ गए थे। बारहमंज़िला बिल्डिंग के अधूरे दरवाज़ों-खिड़कियों की मुस्ततीलों में से प्रकाश छनकर आने लगा था। उसने अपने माथे पर हाथ रखा—बुखार

कल से भी तेज़ था और हथेलियां बजरी उठा-उठांकर सूज गई थीं।

आज उसे काम करते हुए बेहद कष्ट हो रहा था। उसे लगता था जैसे उसका शरीर लकड़ी के जोड़ों से बना है या मशीन के ज़ंग खाए हुए पुर्ज़ों से। आज बहुत जल्द हांफ जाता है। आंखों के आगे तिरमिरे-से नाचने लगते हैं। कभी-कभी सारा आसमान बदल जाता है। सिर में चक्कर आता है। तुलसी ने उसे काम करने से मना किया मगर वह न माना। किसी न किसी तरह दिन-भर टोकरी ढोता रहा। शाम तक बुखार आप ही आप कम हो गया। बदन हल्का-हल्का लगने लगा। दूसरे दिन बुखार और भी कम हो गया। तीसरे दिन खुद ब खुद टूट गया किसी दवा के बगैर। मगर हाथों की बुरी हालत हो चुकी थी। टोकरी ढोते-ढोते खाल तक उधड़ने लगी थी। तीसरी रात यह हालत हो गई कि वह अपने हाथों से खाना भी नहीं खा सकता था।

"मेरे पास आओ, मैं तुम्हें खिला दूं।"

"नहीं।" मगन ने सिर हिलाकर इन्कार किया, मगर रोटी उठा-कर जो निवाला तोड़ना चाहा तो निवाला उसके हाथ से गिर पड़ा। "और करो"—तुलसी गरजकर बोली और उसने मगन की थाली को अपने करीब सरका लिया। मगन उसके करीब चला गया। वह एक निवाला तोड़कर उसके मुंह में देती, एक निवाला अपने मुंह में रखती। दोनों जबड़े चलाते हुए प्रसन्न निगाहों से एक-दूसरे को देखने लगे। तुलसी की आंखें तारों-सी चमक रही थीं और मगन को ऐसा महसूस हो रहा था जैसे उसके अंग-अंग में समाया हुआ बरसों का ज़ंग धीरे-धीरे धुल रहा है। उसकी आत्मा के चारों ओर जमा हुआ बर्फ का घेरा हौले-हौले पिघल रहा है।

खाना खिलाकर और थाली-बर्तन साफ कर तुलसी ने कहीं से

एक छोटी-सी शीशी निकाली और मगन के हाथों को धीरे-धीरे चुपड़ने लगी। तेल चुपड़कर उसने अपनी एक बहुत पुरानी साड़ी निकाली और उसे फाड़-फाड़कर उसने मगन की हथेलियों को बांध दिया।

दूसरे दिन मगन उन्हीं धज्जियों से बंधे हाथों से टोकरी उठा-उठाकर काम करता रहा। अगले चार-पांच दिनों में उसके हाथों के ज़ख्म भर गए। सूजन गायब हो गई। हाथों में सख्त गट्ठे पड़ गए। अब वह बिना किसी कष्ट के अपने हाथों से बजरी भर सकता था। उसके शरीर का पीलापन धीरे-धीरे दूर होता गया। शरीर संवलाता गया। खुली धूप,खुली हवा और रात की खुली फिज़ां से उसके बदन में एक नई ताकत दौड़ने लगी थी। पन्द्रह-बीस दिनों में वह इतना अच्छा काम करने लगा कि सफेद मूंछों वाले बुड्ढे ने उसे तरक्की देकर मर्दों के ग्रेड में रख दिया। अब उसे डेढ़ रुपया मिलने लगा। वह तुलसी को दिन के खाने के पांच और रात के छः आने देता था। दो आने की चाय पीता था। कभी चार आने की। बाकी पैसे वह तुलसी के पास रख देता था। उसके जूते टूट गए थे। पतलून फटकर बेकार बन गई थी और घुटनों से ज़रा नीचे चिथड़ों की तरह लटक रही थी। मगर वह प्रसन्न था।

कुछ दिन बाद तुलसी उसके लिए भूरे रंग की एक लुंगी ले आई। अपनी नेकरनुमा चिथड़ा हो चुकी पतलून उतारकर वह लुंगी पहनने से पहले तो मगन ने इन्कार किया मगर तुलसी का रुख देख-कर मान गया। आज वह खूब नहाया। पहली बार तुलसी ने उसके कपड़े धोए। आज मुस्कान थी कि उसके मुख पर बिखरी जाती थी। वह हंस रही थी और गुनगुना रही थी और जब चलती थी तो फिज़ां में उसका जिस्म अवाबील की तरह डोलता और तैरता हुआ मालूम होता था।

इसी तरह काम करते-करते एक मास और बीत गया। मगन अपने जिस्म में एक नई फुर्ती, चुस्ती और शक्ति अनुभव करने लगा। उसका सारा शरीर संवला गया था। बांहों की मछलियां उभर आई थीं और पांव के तलुए बाजरी की तरह सख्त हो चले थे। बिल्डिंग भी पूरी बन चुकी थी। कुछ दिनों में काम खत्म होने वाला था। फिर उन्हें यह बिल्डिंग छोड़ देनी पड़ेगी।

"फिर हम क्या करेंगे?"—मगन ने परेशान होकर तुलसी से पूछा। तुलसी बड़ी लापरवाही से बोली—"उंह, किसी दूसरी बिल्डिंग पर जाकर टोकरियां ढोएंगे—बहुत बिल्डिंगें बन रही हैं।" उसके लहजे में ऐसी शान्ति थी कि मगन को विश्वास हो गया। वह करवट बदलकर सो गया।

अभी उसे सोए हुए अधिक समय नहीं हुआ था कि उसके कान शोर-गुल की आवाज़ से चौंक गए और वह आंखें खोलकर जाग गया। एक आदमी तुलसी को दोनों हाथों से घसीटकर पीटने की कोशिश कर रहा था। तुलसी ज़ोर-ज़ोर से चिल्ला रही थी और अपने-आपको छुड़ाने की चेष्टा कर रही थी। दोनों में हाथापाई हो रही थी। एकदम मगन घबराकर उठ बैठा और दोनों के निकट जाकर बोला—"क्या है?"

"तुमको क्या है?"—वह आदमी गुर्राकर बोला—"यह मेरी घर वाली है। इसको ले जा रहा हूं।"

"न तू मेरा घर वाला है—न मैं तेरी घर वाली हूं। मैं तुझे छोड़ चुकी।"—तुलसी गुस्से से चीख रही थी—"जब से तूने मेरी तानी की जान ली मैं तुझको छोड़ चुकी। आज डेढ़ साल के बाद तुझको अपनी घर वाली की याद आई है?"

"जाने दे, जाने दे!"—दूसरा आदमी जो तुलसी के घर वाले से भी लम्बा-तड़ंगा था, तुलसी को समझाता हुआ बोला—"इसको

माफ कर। घर चल।"

"नहीं, मैं इसके साथ कभी नहीं जाऊंगी। कभी इसके संग नहीं रहूंगी। दारू पीकर इसने मुझे भूखा मार डाला। मेरी सारी कमाई भी छीन लेता था और दारू पी जाता था।"

"अब नहीं पीएगा।" दूसरा आदमी बोला।

"कैसे नहीं पीएगा। अभी-अभी भी दोनों दारू पीकर आए हो।"

"चलती है कि मार खाएगी?"—खाकरे ने तुलसी को मारते हुए कहा। मगन लपककर खाकरे के सामने आ गया और क्रोधपूर्वक बोला—"इसको छोड़ो।"

"क्यों छोड़ूं, क्या तुम इसके यार हो?"

मगन ने उसके मुंह पर घूंसा मारा। खाकरे के मुंह से खून निकलने लगा। मगन को बहुत आश्चर्य हुआ। उसे पता नहीं था कि उसके घूंसे में इतनी शक्ति होगी। खाकरे गाली बकता हुआ मगन से लिपट गया। ऐढ़ी मारकर उसने मगन को नीचे गिरा दिया। दोनों ज़मीन पर ऊपर-नीचे होने लगे—दोनों बजरी के ढेर से लुढ़कते हुए दूर तक नीचे चले गए। मगन गुस्से में दोनों हाथ-बाज़ू हिलाकर वार कर रहा था। कुछ देर बाद खाकरे हांफने लगा तो उसका दोस्त उसकी मदद को बढ़ा। दोनों मिलकर मगन का मुका-बला करने लगे। मगन बड़ी जांदारी से लड़ गया। मगर वे दो थे और मगन अकेला था। मगन का पल्ला हलका पड़ने लगा। दोनों मिलकर उसे पीटने लगे तो तुलसी मैदान में आ गई। कभी वह एक को घूंसा मारती और कभी दूसरे से घूंसा खाती। कभी दांत कट-कटाती, कभी पत्थर उठाकर मारती। मगर दूसरा आदमी बहुत तगड़ा था। उसने तुलसी को बहुत जल्दी चित कर दिया और वह बेदम होकर खाकरे के पास ही गिर पड़ी। अब लड़ाई मगन और

उस तगड़े आदमी के बीच हो रही थी। मगन दीवाने की तरह लड़ रहा था। ऐसा लगता था जैसे वह लड़ते-लड़ते मर जाएगा, मगर हार नहीं मानेगा। अपने शरीर की पूरी शक्ति लगाकर उसने उस तगड़े आदमी को ज़मीन पर पटक दिया और करीब से एक बड़ा-सा पत्थर उठाकर उसके सर पर खड़ा हो गया।—"अब उठे तो इस पत्थर से तुम्हारा सर कुचल दूंगा।"—मगन धीरे-धीरे मगर क्रोध के आवेश में बोला। तगड़े आदमी ने मगन के अचानक ऐसे तेवर देखकर हथियार डाल दिए। लेटे-लेटे अपने दोनों हाथ ऊपर करके बोला—"साला दारू पिया है, इस समय लड़ नहीं सकता। सुबह के टेम होता तो तुमको दिखाता था। इस टेम हमको माफी दो।"

इतने में बहुत-से मज़दूर मर्द, औरतें और बच्चे जमा हो गए थे। खाकरे अपने दोस्त को लेकर वहां से चला गया। मगन ने पत्थर अपने हाथों से नीचे फेंक दिया। उस रात सफेद मूंछों वाले बुड्ढे ने मगन और तुलसी को यह सलाह दी कि वह दोनों बाहर बजरी पर न सोएं बल्कि बिल्डिंग की निचली मंज़िल के किसी कमरे में जाकर सो जाएं। क्या पता ये लोग बदमाशी करें और दूसरे गुंडों को ले आएं।

एक कमरे के अंधेरे फर्श पर चुपचाप दोनों लेटे थे। समुद्र की विजयी गरज मगन को अपने दिल की धड़कन की गूंज प्रतीत होती थी।

"मगन!"—तुलसी बहुत धीमे स्वर में बोली।

"आं।"

"तू मेरे लिए क्यों लड़ा?"

"ऐसे ही।"

"बहुत चोट खाई है?"

"नहीं तो।"

"जहां चोट लगी हो मुझे बता दे।"

"कह जो रहा हूं कहीं चोट नहीं लगी।"

"मैं पूछती हूं, मगन, तू मेरे लिए क्यों लड़ा?"

मगन चुप—देर तक चुप रहा। अकस्मात् उसने महसूस किया कि तुलसी का हाथ उसके जिस्म को धीरे-धीरे टटोल रहा है। हवा की खामोशी से भी ज़्यादा कमज़ोर आवाज़ में वह बोली—"क्या यहां चोट लगी है...क्या यहां चोट लगी है?"

तुलसी की कोमल अंगुलियां मगन के शरीर को छूने लगीं। अरे यह क्या हो रहा है—यह क्या हो रहा है?—मगन अपने-आपसे पूछने लगा—मेरा जिस्म क्यों गरम हो रहा हैं—ज़मीन से बुखारात उठ रहे हैं—समुद्र का शोर अचानक बढ़ गया है—दीवारें सांस ले रही हैं—किसी आनंदमय भय से कांप रही हैं। मगन को अपने हाथों से चिंगारियां-सी उड़ती महसूस होने लगीं। रगों में खून लपट देने लगा। आंखों में शोले नज़र आने लगे। उसने बड़ी तेज़ी से अपनी दोनों बांहों से घसीटकर तुलसी को अपने सीने पर गिरा लिया! उत्तेजित भावनाओं से भीगे मगर अग्निमय स्वर में बोला—"आ तुझे बताऊं कहां चोट लगी है।"

अब वे काम की तलाश में उस बिल्डिंग से बहुत दूर और शहर के दूसरे भाग से गुज़र रहे थे। मगन ने तुलसी का हाथ पकड़ा हुआ था और वे दोनों नये विवाहित जोड़े की तरह एक-दूसरे की ओर देखकर आंखों ही आंखों में मुस्कराते हुए साथ-साथ चल रहे थे। एक बहुत बड़े महल जैसे भवन को देख तुलसी ठिठककर रुक गई। हैरत से देखने लगी—किसी राजा का महल मालूम

होता है।

मगन अपने घर की आलीशान इमारत को देखकर ज़ोर से हंसा। बोला—"इस महल में सब नामर्द रहते हैं।"

फिर वह तुलसी को घसीटकर आगे ले गया। महल पीछे रह गया। वे खतरे से दूर हो गए।

कई दिन तक उन्हें काम न मिला और वे शहर में मारे-मारे फिरते रहे। उनकी सारी जमा-पूंजी समाप्त हो गई। पर जब वे तीसरे दिन फाका करने जा रहे थे तो उन्हें बांद्रा बैंड स्टैंड के नाके पर चार मंज़िला अधूरी इमारत में काम मिल गया।

इमारत के सामने सड़क थी। सड़क के उस पार बैंड स्टैंड था, बैंड स्टैंड में एक ईरानी रेस्तरां के पीछे समुद्र ठाठें मार रहा था।

बिल्डिंग में लेटे-लेटे तुलसी ने कराहकर कहा—"मुझे बहुत भूख लग रही है। मगन कुछ समय तक चुप रहा पर जब तुलसी ने हल्की-सी एक सिसकी ली तो उसने यकायक अपनी जेब को थप-थपाया। 'मुझे' महसूस किया, उठा, और तुलसी से—'अभी आता हूं'—कहकर चल दिया। समुद्र के किनारे आकर उसने मुझे अपनी जेब से निकाला। एक क्षण के लिए मुझे देखा, चांदी के फ्रेम को देखा, अधूरी बिल्डिंग की ओर मुड़कर देखा। एक पल के लिए उसके मन में वह विचार आया—यदि मैं चाहूं, इसी समय इस अधूरी बिल्डिग को खरीद सकता हूं। मगर यह विचार आते ही उसके शरीर में एक झुरझुरी-सी आई। मानो बर्फ के गाले उसके खून के प्रवाह में गिरने लगे। उसने बड़ी तेज़ी से चांदी का फ्रेम उतारकर समुद्र में फेंक दिया और मुझे ले जाकर ईरानी के काउंटर पर रख दिया। —दो बड़े पाव, डबल रोटी और दो आमलेट।

रोटी और आमलेट लेकर और बाकी रेज़गारी लेकर वह वापस बिल्डिंग की ओर चल दिया—जिसके निचले बरामदे में एक काला नारी शीनी की मूर्ति की तरह उसका इन्तज़ार कर रही थी। आप-ही आप वह खुशी से हंसने लगा क्योंकि उसने दस रुपये के नोट को दस रुपये के नोट की तरह देकर अपनी गुलामी की आखिरी ज़ंजार भी तोड़ दी थी।

चौदह

केकबाद ईरानी मशहद से अपना तीसरा विवाह करके आया था। उसकी यह पत्नी बहुत सुन्दर और कोमलांगी थी। केकबाद उसे बहुत चाहता था मगर उस लड़की में एक नुक्स था। रात को जब केकबाद रेस्तरां बन्द करके जाता तो वह सारे दिन की कमाई धरवा लेती थी। कुछ समय तक केकबाद खुश-खुश पूरी रकम देता रहा, फिर उसे खलने लगा। यह क्या हरकत है—आखिर दुनिया में और भी ज़रूरतें हैं और उन्हें देखना भी ज़रूरी है। यह सोचकर वह गोलमाल करने लगा। चूंकि उसे अपनी तीसरी पत्नी से बहुत प्रेम था इसलिए अब रोज़ की कमाई में से पचास प्रतिशत निकाल-कर ले जाता, बाकी रकम गल्ले में रहने देता जिसे वह दूसरे दिन बैंक में भेज देता। मशहद की बी सुन्दरी ने कुछ दिन तो इस पर आपत्ति की, मगर जब ईरानी ने होश गुम कर देने वाली महं-गाई का ज़िक्र किया तो वह मान गई। उसे विश्वास हो गया कि

ईरानी अब भी उसे पूरी कमाई लाकर देता है। आज भी केकबाद रेस्तरां बन्द करते समय गल्ले में से दो सौ रुपये निकालकर ले चला। सवा दो सौ के करीब उसने काउंटर की दराज़ में रखकर-उसे ताला लगा दिया और रेस्तरां के बाहर रुकने वाली बस पकड़ कर अपने घर चला गया।

उसके जाने के कोई तीन घंटे बाद दो चोरों ने समुद्र की ओर से पिछली दीवार का रोशनदान तोड़कर नकब लगाई। यह सोनू और रोनू थे। ये दोनों चचेरे भाई थे। दोनों मिलकर नकब लगाते थे। तजर्बे ने उन्हें बताया था कि इस तरह नकब लगाने में बहुत आसानी हो जाती है। एक कमन्द लगाता है, दूसरा इधर-उधर देखता रहता है। अन्दर पहुंचकर माल इकट्ठा करने में आसानी रहती है। अगर ऐन मौके पर पकड़े जाएं तो मुकाबला करने में आसानी रहती है। सोनू और रोनू की गिनती नगर के सफल चोरों में होती थी।

रेस्तरां के अन्दर पहुंचकर सबसे पहले तो उन्होंने गल्ला तोड़-कर उसमें से सवा दो सौ रुपये और नकदी समेट ली। फिर इस बड़े काम से फारिग हुए तो सोनू बोला—"मुझे तो भूख लगी है।"

"आइस्क्रीम खा लो।" रोनू बोला।

"यह आइस्क्रीम वाली भूख नहीं है।"

सोनू ने इतना कहकर इधर-उधर देखा। टीन के एक लम्बे बक्से पर ब्रिटेनिया लिखा था। उन्होंने बक्सा खोलकर उसमें से ब्रिटेनिया की डबल रोटियां निकालीं। दूसरा टीन खोलकर पोल्सन का मक्खन निकाला। खुबानी के जैम का एक डिब्बा खोला और डबल रोटी पर मक्खन और जैम लगाकर खाने लगे। सोनू बोला—"मज़ा नहीं आ रहा है।"

"तो चार अण्डों का एक आमलेट बनायो। आधा-आधा बांटकर खा लेंगे।"

सोनू ने फ्रिज़ से चार अण्डे निकाले। किचन में जाकर बाकी सामान इधर-उधर से ढूंढ़कर गैस पर चार अण्डों का एक लजीज़ आमलेट फ्राई किया। अब किचन में आ गए तो चाय भी बना डाली और फिर सारा सामान किचन से बाहर एक मेज़ पर रखकर और कुर्सियों पर बैठकर शरीफ ग्राहकों की तरह खाने लगे।

यकायक एक अल्मारी के पीछे खड़का हुआ। रोनू और सोनू को जैसे सकता हो गया। चलते हुए जबड़े रुक गए। निवाला हलक में रह गया। दोनों ने एक-दूसरे की ओर देखा। धीरे से दोनों ने अपनी जेब से चाकू निकाल लिए। दूसरा खड़का हुआ। कोई एक-दम उछलकर उनके सामने फर्ज पर आ रहा।

"मियाऊं"—एक निहायत प्यारी ईरानी बिल्ली थी। अपना मोहनी आंखें ऊपर उठाए उनकीओर देख रही थी। बिल्ला को देखकर रोनू और सोनू की जान में जान आई। दोनों ने चाकू बन्द करके जेब में रखे। केक के टुकड़े चाय में भिगो-भिगोकर खाने लगे और चूरा बिल्ली को डालने लगे। बिल्ली ने सूंघकर छोड़ दिया। ईरानी बिल्ली थी, कूड़ा-करकट नहीं खाती थी।

"मियाऊ!"

"अपना हिस्सा मांगती है।" रोनू हंसा।

सोनू ने एक प्लेट में दूध डालकर फर्श पर रख दिया। बिल्ली चुपचाप दूध पीने लगी और जब दूध पी चुकी तो लपककर सोनू की गोद में आ रही। सोनू प्यार से उसकी नर्म-नर्म गर्दन पर हाथ फेरने लगा, बोला—"बड़ी प्यारी बिल्ली है। जी चाहता है कि इसे भी झोले में डालकर ले चलूं।"।

"उठो अब—" रोनू ने चाय खत्म करके कुर्सी से उठते हुए

कहा।

"ठहरो।"—सोनू ने आहिस्ता से बिल्ली को फर्श पर छोड़ते हुए कहा—"बच्चों के लिए टाफी का एक डिब्बा ले लूं।"

सोनू ने टाफी को झोले में डाला। रोनू ब्रिटेनिया बिस्कुट के डिब्बे को झोले में डालकर बोला—"अब चलो।"

दोनों चले।

"ठहरो," रोनू बोला—"कैसी बढ़िया-बढ़िया सिगरेटें यहां रखी है। सोनू ने सिगरेटों को पसन्द किया। एक डिब्बा झाले में डाला। रोनू ने नाइन-नाइन-नाइन के सिगरेट उठाए। "अब वाकई चले चलो—ज़्यादा लालच करना ठीक नहीं हैं"—रोनू ने कहा। दोनों चले। चलते-चलते सोनू हार-सिंगार की अल्मारी के सामने रुक गया।

"घर वाली के लिए भी तो कुछ लेकर ही चलना चाहिए।"

रोनू ने अपनी घर वाली के लिए एक फ्रेंच इत्र की शीशी ली। सोनू ने आधी दर्जन लिपस्टिक झोले में रखीं और एक यू-डी-कोलोन की शीशी, फिर सिलवर ज़िलेट के दो पैकेट।

"साला हिन्दुस्तानी ब्लेड किसी काम का नहीं होता।"

"नहीं, अब तो बेहतर बनने लगे हैं" सोनू बोला—"धीरे-धीरे देश उन्नति कर रहा है। अमरीका को देखो, सौ बरस लगे हैं—रूस को देखो पचास बरस लगे हैं···"

सोनू मैट्रिक फेल था। रोनू को सिर्फ तीन क्लास पढ़कर स्कूल से उठ जाना पड़ा था इसलिए दोनों में सोनू ही बुद्धिमान माना जाता था। रोनू को सोनू की बातें खलती थीं।

"अजी, अब ज़्यादा काबलियत मत बघारो। फौरन बाहर निकलो।" वह बोला—"अगर किसीने देख लिया तो अमरीका और रूस दोनों भूल जाओगे—सीधे जेल जाओगे।"

सोनू रोनू के पीछे-पीछे चलता हुआ उस दीवार के निकट आ गया जिसके रोशनदान से रस्सी अभी तक बंधी हुई दीवार से लगी-लगी हिल रही थी। रोशनदान की दीवार से जुड़ी हुई दीवार पर केकबाद ईरानी ने अपने मुल्क के बड़े-बड़े आदमियों की तस्वीरें लगा रखी थीं और उनकी बगल में भारतीय नेताओं के चित्र भी टंगे थे। सोनू ने उनकी ओर दृष्टि डालकर एक ठण्डी आह भरी और बोला—"अगर मैं चोर न होता तो देश का बहुत बड़ा नेता होता।"

रोनू को सोनू की कमज़ोरी मालूम थी। रोनू पॉलिटिक्स पर बातें करना बहुत पसन्द करता था। वह जानता था यदि उसने सोनू को कोई जवाब दिया तो बहस उलझ जाएगी और सुबह हो जाएगी। इसलिए वह खामोश रहकर रस्सी के सहारे दीवार से पैर टिकाकर ऊपर चढ़ने लगा। रोशनदान पर बाज़ू टिकाकर उसने सोनू को ऊपर आने का इशारा किया। रोनू रोशनदान तक आया और चालाक बिल्ली की तरह रोशनदान के फ्रेम को दोनों हाथों से पकड़-कर पांव चिपकाकर लटक गया। रस्सी ऊपर खींचकर रोनू ने उसे रोशनदान के बाहर फेंक दिया और उसी रस्सी के किनारे बाहर समुद्र तट पर निकल आया, और उसके पीछे-पीछे सोनू भी। दोनों जल्दी से देखते-भागते समुद्री चट्टानों की ओट में हो गए और उसकी ओट में भागते-भागते डांडे के करीब पहुंच गए। अब वह नकब लगाने वाले स्थान से एक मील की दूर पर थे। सोनू ने घड़ी देखी —"तीन बज रहे थे।"

"चार बजे पुलिस की पेट्रोल आएगी।"

"बहुत समय है।"

"तो आओ, माल बांट लें।"

दोनों ने अपने-अपने हिस्से के सिगरेट, टाफियां, बिस्कुट, लिप-

स्टिक, सेंट अलग-अलग कर लिए। फिर नकदी की बारी आई जो बराबर-बराबर बांट ली गई। फिर नोटों की बारी आई, वह भी दोनों ने बराबर बांट लिए। 'मैं' रोनू के हिस्से में आया। चूंकि रोनू कम पढ़ा-लिखा था इसलिए मुझे देखकर झुंझला गया। वह मुझे सोनू को वापस करता हुआ बोला—"यह नोट तुम रख लो, मुझे कोई दूसरा दे दो।"

"क्यों दे दूं? क्या यह दस का नोट नहीं है?"

"नोट तो है इसीलिए तो कहता हूं कि दूसरा दे दो।"

"क्यों दे दूं? यही तुमको लेना पड़ेगा।"

"लेना पड़ेगा का क्या मतलब? मैं यह कह रहा हूं कि यह नोट बहुत खस्ता है और मैला है—और तुम बांट रहे हो आज। और तुम जान-बूझकर यह गन्दा नोट मुझे चुकाना चाहते हो।"

"जान-बूझकर? तुम्हारा मतलब है मैं तुम्हारे संग बेईमानी कर रहा हूं?"

"खुली बेईमानी है।"—रोनू गुस्से से बोला—आज मैंने कमन्द लगाई थी। हिसाब से जो कमन्द लगाता है उसको बड़ा हिस्सा मिलता है। मैं इसपर भी चुप हूं। पर तुम बेईमानी किए जा रहे हो।"

"ज़बान संभालकर बात करो। पिछली चोरी पर मैंने कमन्द लगाई थी, भूल गए।"

"तो तुमने पांच रुपये भी तो ज़्यादा लिए थे।"

"तो आज तुम ले लो यह पांच रुपये और बकबक बन्द करो।"

"मैं बकबक करता हूं।"—रोनू के पूरे शरीर में क्रोध की फुरेरियां दौड़ने लगीं—"मैं नहीं लेता यह पांच रुपये। मुझे यह दस

का नोट बदलकर दो।'

"नहीं बदला जाएगा।"—रोनू ने ललकारकर कहा।

"नहीं बदला जाएगा?"—सोनू ने तैश में आकर पूछा। उसकी आंखों के आगे चिंगारियां नाचने लगीं।

"हां-हां, मैं क़हता हूं, नहीं बदला जाएगा।"

रोनू ने चाकू निकाल लिया।

फिर सोनू ने भी।

पौने छः के करीब जब पुलिस की गारद समुद्र के किनारे-किनारे पहरा देती हुई डांडे पहुंची तो उसे चट्टानों के पीछे दो लाशें मिली। रेत पर धींगामस्ती के काफी दूर तक चिन्ह थे। लहू का भूरा धारें उनके जिस्मों से निकलकर रेत में समाकर सूख गई थीं। रोनू का चाकू सोनू के दिल में घुस गया था और सोनू ने रानू का हलक काट डाला था।

पुलिस दोनों लाशें उठवाकर थाने ले गई और दोनों झोलों का सामान और रुपया अपने कब्ज़े में कर लिया। केकबाद बहुत भाग्य-शाली था। उसे पूरी रकम मिल गई और चोरी का सामान भी। एक लिपस्टिक तक गायब नहीं हुई थी। पुलिस इंस्पेक्टर हसन ने लाशों को फौरन पहचान लिया, क्योंकि रोनू और सोनू दोनों के फोटो थाने पर मौजूद थे। दोनों कई बार सज़ा काट चुके थे।

"अरे! ये तो रोनू-सोनू हैं—" पुलिस इंस्पेक्टर कुम्टे हैरानी से उन्हें देखने लगा।

"आं!"—हसन ने जेब से एक छोटी-सी डिबिया निकालकर नस्वार की एक चुटकी भरी—"दोनों किसा बात पर लड़ लिए होंगे।"

"पर...पर..."कुम्टे ने हैरत से लाशों को देखकर इंस्पेक्टर की ओर मुड़कर कहा—"यह दोनों तो चचेरे भाई थे।"

सिब्ते हसन ने बड़ी होशियारी से अपने दोनों नथनों में नस्वार भरी और बड़ी बेज़ारी से बोले—"अरे काहे के भाई—कौन किसका बाप और कौन बेटा?आजकल जितने रिश्ते हैं सब कागज़ के हैं।"

इतना कहकर उसने ज़ोर से छींकें लीं।

पन्द्रह

लक्खी ने रंगीली से कहा—"ये दस रुपय भी रख ले।"

रंगीली बोली—"काहे के लिए? पैसे तुम दे चुके हो।"

"इसे एडवांस समझ ले। कभी मेरी जेब में पैसे नहीं होते हैं।" कभी ऐसा भी हो सकता है। पर मैं ऐसा आदमी हूं जो कभी किसी का उधार नहीं रखता, इसलिए अभी से एडवांस रख ले। पर यह भी याद रख ले मैं कभी भी तुझसे यह दस रुपये मांग सकता हूं।"

"तो मांग लेना, मैं इसे अपने सूटकेस में सबसे नीचे कपड़ों में रख देती हूं। कभी हाथ नहीं लगाऊंगी तेरे नोट को।"

रंगीली ने मुझे कपड़ों के नीचे रख दिया—लक्खी के सामने। लक्खी की तसल्ली हो गई और वह चला गया और कह गया कि मैं पांच दिन के बाद फिर आऊंगा। लक्खी के जाने के बाद रंगीली मुस्कराने लगी। जिस बाज़ार में वह रहती थी और जैसा उसका धन्धा था उसमें उसे हर रोज़ तरह-तरह के धोखेबाज़ों से वास्ता

पड़ता था और अजीब-अजीब, विचित्र-विचित्र चरित्र उसकी नज़रों से गुज़रते थे।

एक था झवेरी। कलबादेवी रोड पर दलाल था। शायद उसे संसार की कोई चीज़ पसन्द ही नहीं आती थी। दायें कल्ले में पान भरे हुए वह संसार की हर समस्या पर अपनी राय देने के लिए बैचेन और उत्सुक नज़र आता था। वार्तालाप की उसकी सारी उपमाएं, उच्चारण, इशारे रुपये से सम्बन्धित होते थे—यह देश रुपये में आठ आने डूब चुका था। चार आने इस वर्ष डूब गया, चार अगले वर्ष। वह छोकरी अपने-आपको क्या समझती है—बहुत सुन्दर। मेरे विचार से वह रुपये में दो आने भी सुन्दर नहीं होगी। मैं नवां पाटी पर तुम्हारे लिए खोली ठीक कर रहा हूं। रुपये में चौदह आने समझो, काम हो गया तेरा। आज दो रुपये कम हैं कल दे दूंगा, न दूँगा तो रुपये के सत्रह आने मुझसे वसूल कर लेना।"

मानकलाल किसी दफ्तर में क्लर्क था और अवकाश के समय में लाइफ इंश्योरेंस का काम करता था। रंगली उसकी बातों से बहुत उकताती थी क्योंकि हर समय संसार की नश्वरता की बातें किया करता था—दुनिया सराए-फानी है। यह जीवन पानी का बुलबुला हैं। यह तुम्हारा जोवन एक झूठा सपना है। पैसा हाथ का मैल है। आज आता है कल जाता है। आज्ञ चार आने कम हैं तो क्या इसलिए मुझे दरवाज़े से लौटा रही हो। अरी पगली यह पैसा, यह जीवन यह अहंकार सब धरा रह जाएगा जब लाद चलेगा बंजारा। कुछ नहीं जाता है—सिर्फ दो मीठे बोल—बाकी कल दूंगा। वैसे कल क्या पल का भरोसा नहीं है।

फिर फीरोज़ नाम का एक लेखक था। वह सदा अपने साथ रम का एक पौआपाकिट में छिपाकर लाता था। अपने लम्बे-लम्बे बालों में अंगुलियां फेरते हुए बड़े पीड़ा-भरे स्वर में कहा करता—क्यों

आता हूं मैं तुम्हारे पास, मुझे खुद नहीं पता? मैं हर बार अपने मन को रोकता हूं—समझाता हूं—फिर भी चला आता हूं—क्यों? क्या मुझे तुमसे प्रेम है? नहीं। क्या मैं तुम पर दया करता हूं? नहीं। क्या यह सेक्स है? नहीं। सेक्स तो कौड़ियों के भाव गलियों में पड़ा मिलता है। फिर मैं क्यों आता हूं तुम्हारे पास? रंगीली बता दे यह पागलपन क्या है? शायद मैं अकेला हूं, इस संसार के भरे बाज़ार में बिलकुल अकेला हूं। कभी-कभी यह संसार मुझे एक सुनसान टापू-सा मालूम होता है और मैं अपने अस्तित्व में बन्द दोनों हाथ फैलाए भिखारियों की तरह तुमसे दया की भीख मांगता हूं। यह मदिरा के होंठों पर भी विचलित पीड़ा कैसी है? मैं क्यों नहीं तुम्हें पाता, तुम्हें पाकर भी मैं तुम्हें क्यों नहीं पाता हूं? मिलन के संगम पर बैठकर मैं अपने-आपको इतना अकेला क्यों अनुभव करता हूं—जैसे तुमको नहीं मैंने खुद को धोखा दिया है? ऐ गमेज़ात, अपनी गहराइयों को और भी गहरा कर दे। रंगीली इस कमरे की बत्ती बुझा दे; मुझे इस रोशनी से बड़ा डर लगता है जो मुझे तहज़ीब की मक्कारी, इन्सान की धोखेबाज़ी और राजनीति की फितना परदाज़्री की याद दिलाती है। रंगीली अपनी अंधेरी बांहें मेरे चारों ओर फैला दे। कहीं से मुझे रम का पौआ पिला दे। आज तो मेरी जेब में एक छदाम भी नहीं है।

बड़े-बड़े फ्राड जाते थे रंगीली के यहां। कभी तो वह टाल जाती थी, कभी झल्ला जाती थी। उनकी साफ पैंतरेबाज़ी को समझकर उन्हें बाहर निकाल देती। मगर बाहर निकाल देने के फौरन बाद पछताने लगती। अजब दिल पाया था रंगीली ने।

उसने अपनी आंखों में किसी आंसू को जगह नहीं दी थी। क्योंकि उसका पेशा ही ऐसा था। मगर वह आंसू जिन्हें उसकी आंखों में स्थान नहीं मिला उसके हृदय की किसी ढलान पर आकर जमा

हो गए थे। उसका दिल झूठ को झूठ समझकर भी उस झूठ पर विश्वास करने को तैयार हो जाता था और वह मन ही मन पिघलने लगती थी। कई बार उसने इस सहानुभूति के कारण कई चरके खाए थे। मगर दया-भावना उसके स्वभाव से मजबूर थी। हर एक चरके के बाद स्वयं को संभालने के लिए अपने मिजाज़ को बदलने की चेष्टा करती। कुछ दिनों या महीनों के लिए पत्थरदिल बन जाती, लेकिन फिर अपनी तबियत से अपनी तबियत मजबूर हो जाती···फिर कोई बड़ा चरका खाती······फिर तौबा करती।

लक्खी को भी उसने एक नये टाइप का फ्राड समझा। वह मुझे कपड़ों में रखकर भूल गई थी। पांच दिन बाद जब फिर लक्खी आया तो उसे मेरी याद आई। उसने यही समझा आज लक्खी अपना एडवांस वसूल करेगा। यह भी हो सकता है रुपये में चार आने उसे धोखा दे और उलटा जाते समय उससे दो-चार रुपये ऐंठकर ले जाए। वह अपने मन में हर तरह के बचाव के लिए तैयार हो चुकी थी।

मगर लक्खी ने उसे नये ढंग का चरका दिया। वह पैसे लाया था और उसने एडवांस भी वापस नहीं मांगा था। नही रुपये उधार लिए थे। बस इतना कहा था कि अब जब तक मुझे काम नहीं मिलेगा मैं नहीं आऊंगा।

रंगीली ने इसे भी कुछ देर के लिए एक चाल समझा। उसका सहानुभूति आकर्षित करने के लिए एक तरकीब समझा। फिर भी उसे कहना पड़ा—"कहां पर काम करते थे?"

"धुरीया के गैराज में मोटर मैकेनिक था। काम छूट गया।"

इस घटना के दो मास बाद तक वह नहीं आया। और रंगीली उसे भूल गई। एक दिन दोपहर को वह आ टपका। उस समय वह सो रही थी। वह उसे जगाकर कहने लगा—"पिक्चर चलोगी?"

"काम मिल गया?"—रंगीली ने पूछा।

"हां।"

"कहां?"

"एक साइकिल मरम्मत करने वाले की दुकान पर।"

"कौन-सी पिक्चर देखेंगे?"

"जो तुम पसन्द करो।"

"जाने-बाहर देखूंगी।"

"तो आओ, जल्दी से तैयार हो जाओ।"

वह सब समझ गई कि अब क्या होने वाला है। अकसर ग्राहक पिक्चर दिखाकर समझ लेते थे कि उन्होंने हातिम की कब्र पर लात मार दी है। पिक्चर के बदले में मुफ्त इश्क करना चाहते थे। अगर कोई उनकी बात टाल दे तो बहुत नाराज़ होते थे। जो बेहद सुशील होते थे वे सिनेमा के पैसे काट लेते थे। वह पिक्चर की तरकीब से भली भांति परिचित थी, किन्तु जाने-बहार उसने अभी तक नहीं देखी थी। उसे पिक्चर देखने का बहुत शौक था इसलिए वह राज़ी हो गई थी। बस, थोड़ी-सी झिझक प्रकट की, फिर कपड़े बदलकर तैयार हो गई। लक्खी ने उसके मेकअप को देखा। उसकी रंगीन भड़कीली साड़ी को देखा। बुरा सा मुंह बनाकर बोला—"उंह यह नहीं चलेगा।"

"यह नहीं चलेगा?"—रंगीली ने क्रोध से पूछा।

"यह मेकअप धो डालो। यह साड़ी भी बदल डालो। कोई सफेद साड़ी पहन लो। यह कानों के लम्बे-लम्बे बाले भी उतार दो—सादा—बिलकुल सादा।"

'अच्छा तो यह स्टाइल है लक्खी साहब का।'—रंगीली दिल ही दिल में हंसी। कुछ लोग तवायफों को घर वाली बनाकर सिनेमा दिखाने ले जाते थे। इसमें उनको आनन्द मिलता था। मालूम

हो गया लक्खी साहब क्या चीज़ हैं।

वह मेकअप धोकर, सफेद साडी पहनकर, कानों से लम्बी बालियां उताकर उसके साथ जाने-बाहर देखने चली गई। मगर यहां फिर लक्खी ने उसे चरका दिया। सिनेमा के अंधेरे में उसने उसका हाथ दबाने या मुंह चूमने की कोशिश नहीं की। कमर में हाथ तक नहीं डाला। रान नहीं मसली, चुटकी तक नहीं ली। बहुत सुशील और सभ्य आदमी की तरह उसके साथ चित्र देखता रहा।

इण्टरवल पर वह उसे बाहर ले गया। अब वह उसके निकट एक गम्भीर आज्ञाकारी पति की तरह खड़ा था—क्या पीओगी?"

उसने सोचा जो कुछ मैं पीऊंगी वह बाद में मेरी रकम में से तो काटने वाला ही है इसलिए उसने सर हिलाकर इन्कार कर दिया।

"कुछ तो पीना ही पड़ेगा।"—लक्खी ने आग्रह किया और उसके जवाब का इन्तज़ार किए बिना एक कोकाकोला ले आया। गहरी भूरी बोतल के अन्दर एक सफेद रंग की हल्की-सी डण्डी पड़ी थी। रंगीली उस सफेद डण्डी से कोकाकोला पीने लगी।

इतने में वह भुनी हुई कार्नफ्लेक का पैकेट ले आया। नायलोन का पैकेट खोलकर वह दोनों उसमें अपनी-अपनी उंगलियां डालकर चुगने लगे। कभी-कभी जब उनकी उंगलियां एकसाथ पैकेट में गड़बड़ हो जाती तो रंगीली को बहुत अच्छा लगता था। सिनेमा के बाद वह उसे उसके बाज़ार ले गया। रंगीली ने सोचा, अब यह मरदूद मेरे कमरे में दाखिल होकर मेरे पलंग पर दराज़ हो जाएगा—मुफ्तखोर—मगर लक्खी ने उसे फिर चरका दिया। वह उसके दरवाज़े तक पहुंचकर रुक गया और बोला—"अब मैं जाता हूं।"

रंगीली को धक्का-सा लगा। बोली—"क्यों?"

"ऐसे ही।"

"अन्दर आओ, कुछ देर तो बैठो।"—रंगीली नेबनावटी मेहमाननवाजी से कहा।

"नहीं।"—लक्खी बोला। उसकी आवाज़ में अजीब-सी नम्रता और लज्जा थी।—"बस इतने ही पैसे कर पाया था। नया-नया काम लगा है। फिर आऊंगा।"—यह कहकर वह चला गया।

रंगीली देर तक दरवाज़े से लगी उसे जाते हुए देखती रही। पहले तो उसका दिल हमदर्दी से पिघला, फिर उसने अपने-आपको समझाया—यह तो बहुत फ्राड मालूम होता है। वह शाम का मेक-अप करने अन्दर चली गई।

धीरे-धीरे वह लक्खी को पसन्द करने लगी। अब लक्खी तीन वर्ष से बराबर उसके यहां आ रहा था। जिस दिन उसकी जेब में पैसे होते वह इधर बाज़ार आता था, किसी दूसरी जगह नहीं जाता था। कभी उसने उधार नहीं मांगा। कभी उसकी रकम बाकी नहीं रखी। कभी उसने शादी करने या घर डालने की बात नहीं की। कभी शराब पीकर नहीं आया। वह सिर्फ बीड़ी पीता था और कोई नशा नहीं करता था। उसने आज तक रंगीली से कोई रूमानी बात नहीं की थी। कभी शेरो-शायरी का वर्णन नहीं किया था। कभी ठण्डी सांसें नहीं भरी थीं। इन्हीं बातों से रंगीली लक्खी को पसन्द करने लगी थी।

लक्खी बहुत-से काम जानता था, इसलिए कहीं अधिक समय तक नहीं टिकता था। लड़-झगड़कर अलग हो जाता था और फिर जल्दी ही कोई दूसरा काम खोज लेता था। उसका संसार में कोई न था। एक बूढ़ी अन्धी मां और एक छोटी आठसाला बहन थी। माहीम की रेलवे लाइन पार करके जेवन्त मिल के पिछवाड़े में गन्दे

नाले के निकट एक खुले नीचे स्थान में बहुत-से झोंपड़े थे। इन्हींमें से एक झोंपड़े में लक्खी रहता था।

"कभी-कभी लक्खी महीनों तक नहीं आता था। कभी महीने में दो-चार फेरे भी कर जाता। इन तीन सालों में रंगीली को मालूम था कि लक्खी कई धन्धे बदलता रहा है। उसने मोटर गैराज़ में मैकेनिक के रूप में काम किया है। मोटर ड्राइवर रहा है। साइ-किलों की मरम्मत की दुकान पर काम करता रहा है। अखबार बेचता रहा है। फर्नीचर वाले की दुकान पर काम करता रहा है। सिनेमा का गेटकीपर रहा है। ठेले पर खरबूज़े और आम बेचता रहा है। बस कण्डक्टर रहा है। पेट्रोल पम्प पर मिस्त्री रहा है। खिलौने बनाने वाली एक छोटी-सी दुकान पर गुड़िया बनाता रहा है। उसे अपने हाथों पर बहुत नाज़ था। वह बहुत कम बात करता था, मगर उसकी लम्बी अंगुलियों वाले हाथ रंगीली से कुछ न कुछ कहते रहते थे।

कुछ दिनों से वह उलझा उलझा-सा रहने लगा था। बातें करता-करता गायब हो जाता। बातें तो वह ज़्यादातर करता नहीं था, अधिकतर रंगीली की बातें सुनता रहता जो उसके आते ही चुटर-पुटर बातें आरम्भ कर देती थी। बाज़ार के किस्से। उसकी दूसरी सहेलियों के स्केण्डल। जीवनोपयोगी चीज़ों की महंगाई। फिल्मी पत्रिकाओं की अफवाहें। अभी-अभी पढ़े हुए किसी जासूसी उपन्यास का प्लाट। चार दिन पुराने पढ़े अखबार के समाचार। वह उसकी अनुपस्थिति में सब कुछ सेंत-सेंतकर रखती जाती और उसके आते ही बड़ी-बूढ़ियों की तरह चालू हो जाती और जब तक सप्ताह, दस दिन खोलकर उसके हवाले न कर देती, उसे चैन नहीं आता था। सब सुनाकर वह शान्ति की सांस लेकर कहती—"अब तुम सुनाओ।"

और वह उत्तर में कहता—"क्या सुनाऊं, सब ठीक है।"

आज रंगीली ने तय कर लिया कि उससे पूछकर ही रहेगी।

"तीन-चार दिन से कहां हो?"

"तुम्हारे पास ही बैठा हूं।"

"बैठे तो थे मगर गायब हो।"

वह धीरे से मुस्कराकर चुप रहा।

चुपचाप रंगीली उसके उदासीन मुख को देखती रही। बहुत देर तक लक्खी उसके सामने सर झुकाए बैठा रहा। आखिर सर उठाकर बोला—"रंगीली मेरा घर देखोगी?"

"क्यों?"

"ऐसे ही।"

रात के ग्यारह बजे थे जब वह उसे अपने घर ले गया। माहीम और किंग सर्किल के बीच की रेल पटरी पार करके एक नीचे गन्दे नाले के पुल को पार करके वे जेवन्त मिल के पिछवाड़े की झोंपड़ियों में पहुंचे। ज़्यादातर झोंपड़ों में अन्धकार था। उसके झोंपड़े में एक लालटेन अभी तक जल रही थी।

उसने धीरे से दरवाज़ा खोला। दरवाज़ा अन्दर से बन्द था, मगर ज़ंजीर इतनी ढीली थी कि वह दो अंगुलियां भीतर डालकर ज़जीर को आहिस्ता से सरकाकर खोलने में सफल हो जाता था। अन्दर था भी क्या जो चोर उसे ले जाते। एक कोने में एक खटोले पर उसकी बूढ़ी मां सो रही थी। उसके बराबर उसकी छोटी आठ-साला बहन मुंह खोले धीरे-धीरे खर्राटे ले रही थी। एक कोने में चूल्हा था और कुछ बरतन थे। एक कोने में लकड़ी का एक बक्सा और बक्से के ऊपर चन्द मैले कपड़े झूल रहे थे।

झोंपड़े का दरवाज़ा धीरे से और बेआहट खोलते ही लक्खी ने रंगीली की ओर देखकर अपने मुंह पर अंगुली रख ली थी। वह

उस समय दरवाज़े पर खड़ी-खड़ी झोंपड़े के भीतर हर ओर घूर-घूरकर देख रही थी।

कुछ क्षणों के बाद लक्खी ने अपने झोंपड़े का दरवाज़ा हौले से बन्द किया और खामोशी से रंगीली को वापस चलने को कहा। वह उसी तरह चुपचाप वापस हो ली। झोंपड़ों से निकलकर वे गन्दे नाले के पुल पर आ गए। पुल पर चलते-चलते लक्खी ने जेवन्त टेक्सटाइल मिल की ऊंची-लम्बी चिमनी की ओर देखकर कहा—"मैंने अब मिल में नौकरी कर ली है और अब मैं यह नौकरी कभी नहीं छोड़ूंगा, जी-जान से काम करूंगा।"

रात के अंधेरे में रंगीली की आंखें सितारों की तरह चमक रही थीं। लक्खी उसे देखते हुए कुछ लज्जित स्वर में बोला—"अब हौले-हौले हालत ठीक हो जाएगी।" रंगीली फिर भी कुछ नहीं बोली। पुल पार करके वे थोड़ी-सी ऊंचाई चढ़कर रेलवे लाइन पर आ गए। रंगीली सर झुकाए चल रही थी। सहसा लक्खी ने रंगीली को हाथ से पकड़कर जल्दी से घसीट लिया। उसी समय एक फास्ट लोकल ज़ोर से भूंकती, पहिये खटखटाती बिलकुल उनके करीब से गुज़र गई और उस अचानक शोर में लक्खी ने ज़ोर से चिल्लाकर कहा—"रंगीली, मुझसे शादी करोगी?"

चलती हुई फास्ट लोकल का तूफानी शोर, पहिये भयानक आवाज़ में खटखटाते हुए और उन आवाज़ों की भयभीत गूंज में लक्खी की आशा भंवर में एक तिनके की तरह चक्कर खाती हुई। फिर शोर थम गया। गाड़ी चली गई। एकाएक सन्नाटा बहुत बढ़ गया। रंगीली ने कोई उत्तर नहीं दिया। वह रेल की पटरी पार करने लगी। रेल की पटरी पार करके वे दूसरी ओर चले गए जहां एक छोटी-सी पगडंडी नीचे की ज़मीन से गुज़रकर माहीम स्टेशन जाने वाली सड़क से मिल जाती थी। रंगीली ने वह छोटी-सी पगडंडी भी

पार कर ली। अब वह सड़क पर आ गई, फिर भी वह कुछ नहीं बोली। लक्खी अपराधी की तरह सर झुकाए उसके साथ-साथ चलता रहा। माहीम स्टेशन करीब आ रहा था।

रंगीली चलते-चलते सन केसर के एक पेड़ के नीचे रुक गई। फिर हांफते-हांफते वह लक्खी के कलेजे से लग गई, बोली—"हां, करूंगी। पर तुम झूठ तो नहीं बोलते हो? इतनी बार यह झूठ मुझे-से बोला गया है लक्खी कि अब मैं···मैं···अगर तुम भी···तो मैं इसे संभाल न सकूंगी। देखो लक्खी, सच कह दो। मैं तुमसे कुछ नहीं कहूंगी? पर लक्खी इतना बड़ा झूठ मुझसे मत बोलो—कह दो यह झूठ है, झूठ है ना?"—रंगीली हौले-हौले बिलखने लगी।

वह आज तक कभी लक्खी या किसी गाहक के सामने नहीं रोई थी, पर अब आंसू थे कि खत्म होने में ही नहीं आते थे। लक्खी ने कोई जवाब नहीं दिया। अपने कंपकंपाते हाथों से उसे अपने सीने से लगाए खड़ा रहा। वे दोनों शायद ऐसी खुशी से कांप रहे थे, जो इस दुनिया में हर किसीपर सिर्फ एक बार आती है।

सहसा रंगीली और लक्खी को एहसास हुआ कि दूर ऊपर सन केसर की डालियों पर खिले हुए फूल उनके बहुत निकट आ गए हैं। वे उस पेड़ के तने से टेक लगाए रात की ओस में भीगी घास पर बैठकर अपने आने वाले जीवन की रूपरेखा खींचने लगे। रंगीली के लिए दुलहन का एक जोड़ा, चूड़ियां, सिन्दूर की डिबिया—खाने के लिए कुछ बरतन—लक्खी के लिए एक नया जोड़ा, आदि-आदि।

हिसाब करके लक्खी ने बताया—"कुछ रुपया मैं कर्ज़ ले लूंगा, बाकी पगार में काम चल जाएगा। आज तीन तारीख है। पांच को पगार मिलेगी। पगार वसूल करके मैं पूना जाऊंगा। वहां मेरा एक दोस्त रहता है। उससे बाकी रुपये कर्ज़ ले लूंगा। वापस आते ही

तुम्हें यहां से ले चलूंगा। झोंपड़ी में शादी होगी।"

"मां से क्या कहोगे?"

"वह बेचारी अन्धी है। उसे अधिक बताने की ज़रूरत नहीं है। इतना ही मैंने उससे कह दिया है कि मैंने अपनी पसन्द की एक शरीफ लड़की ढूंढ़ ली है।"

रंगीली सर झुकाए देर तक चुप रही। आखिर लक्खी ने कहा—"पांच की शाम या छः की सुबह मैं पूना जाऊंगा। वहां से सात को लौटूंगा या आठ को। अब मैं तुम्हारे पास सात की रात को या आठ की सुबह को या नौ को किसी समय आऊंगा और सब तैयारी करके आऊंगा। तुम्हें यहां से ले चलूंगा।" रंगीली फिर भी कुछ नहीं बोली। लक्खी ने उठते हुए कहा—"अब चलो।"

सोलह

वादे तो बहुत-से लोगों ने किए थे। लगलग हर ग्राहक शराब की मस्ती में उसके यौवन और सुशीलता पर तरस खाकर उसे घर में डाल लेने या शादी करने का वादा किया करता था और फिर भूल जाता था। यह तो दिन-दिन की बात थी और रंगीली इन वादों की वास्तविकता से भली भांति परिचित थी। इन बातों पर अब वह बिलकुल भरोसा नहीं करती थी।

लेकिन जाने क्यों उसे लक्खी की बातों पर एतबार आ गया था। उसके दिल ने गवाही दी थी। न सिर्फ उसने खुद विश्वास कर लिया था, बल्कि अपनी तीन हमराज़ सहेलियों—बानी, लतीफा और दुलारी—को भी बता दिया था। उन तीनों सहेलियों ने उसे गले लगा लिया था। दुलारी तो रोई भी थी और उन सबने एक-दूसरे के हाथ पर हाथ रखकर कसम खाई थी कि वह बाज़ार में किसी पर यह भेद नहीं खोलेंगी।

छः तारीख गुज़र गई, सात तारीख गुज़र गई, आठ तारीख गुज़र गई। रंगीली दिन-रात-दोपहर हर समय लक्खी की बाट देखती। तीन दिन से उसने मेकअप नहीं किया था। हर ग्राहक को दरवाज़े से लौटा दिया था। तीन दिन से वह सीधी मांग निकाले, सफेद साड़ी पहने अपने पलंग पर लेटी कोई फिल्मी पत्रिका पढ़ती रही। कान दरवाज़े पर किसीकी आहट का इन्तज़ार करते। प्रायः वह द्वार खोलकर चौखट पर खड़ी हो जाती और लक्खी की राह देखती। लक्खी जिसने उससे शादी का वादा किया था, उसे इस नर्क से निकलने का मार्ग दिखाया था।

लेकिन जब आठ तारीख भी गुज़र गई और नौ तारीख की सुबह भी बीत गई तो रंगीली का दिल टूटने लगा। लक्खी भी झूठा निकला, दूसरों की तरह निकला—स्वार्थी, धोखेबाज़, दुष्ट। मगर आखिर उसे ऐसा लम्बा झांसा देने की क्या ज़रूरत थी? उसने तो कभी लक्खी से कुछ ज़्यादा नहीं मांगा था। किसी झूठ किसी दिलफरेब धोखे की इच्छा नहीं की थी। फिर लक्खी ने ऐसा क्यों किया?"

पिछले तीन दिनों से उसकी घनिष्ठ सहेलियां उसके पास आती थीं और सहानुभूति के स्वर में उससे पूछती थीं—"लक्खी नहीं आया?"

"नहीं आया।"

लेकिन जब चौथे दिन की दोपहर भी बीत गई, तो उनका हमदर्दाना बर्ताव व्यंग्य में बदल गया—"बड़ी मूर्ख है तू जो इन मर्दों पर एतबार कर बैठी।"

"अरी, यह मर्द सब एक ही तरह के होते हैं।"

"शादी करेगा एक बाज़ारी औरत से!"

"तुझसे?"—लतीफा हंस पड़ी—"उसे क्या पड़ी है। ऐसा

गधा है क्या?"

बानो, लतीफा, दुलारी तीनों ज़ोर से हंस रही थीं। रंगीली की आंखों में आंसू आ चले थे। बड़ी मुश्किल से उसने अपनी भावनाओं को बस में किया और उन तीनों को बाहर निकालकर अन्दर से दरवाज़ा बन्द कर दिया। फिर पलंग पर औंधी पड़कर सिसकने लगी।

कुछ देर बाद दरवाज़े पर दस्तक हुई। जानी-पहचानी दस्तक थी। रंगीली का मुख खुशी से प्रकाशित हो उठा। पलंग से उठकर भागी-भागी दरवाज़े की ओर गई। जल्दी दरवाज़े के पट खोल दिए।

बाहर जीवन खड़ा था। मारे प्रसन्नता के खीसें बाहर निकली पड़ती थीं—"एक ग्राहक बीस रुपये देता है, ले आऊं?"

रंगीली क्रोध से भड़क गई—"कह जो दिया मुझे कोई ग्राहक-वाहक नहीं चाहिए। दफा हो जाओ यहां से।"।

जीवन बड़ी गम्भीरता से अपनी अंगुलियां चटखाते हुए बोला—"अरे किसका इन्तज़ार करती हो रंगीली—हमसे लिखवा लो—वह नहीं आएगा—नहीं आएगा—चाहो तो अस्टाम्प पे लिखवा लो।"

रंगीली धक् से रह गई। तो इसका अर्थ है बाज़ार में भी यह खबर पहुंच गई है। उसकी सहेलियों ने सबको बता दिया था। दुःख और क्रोध से दरवाज़ा बन्द कर वह बेसुध पड़ी रही। लगता था आज उसका दम निकल जाएगा। कुछ ही समय बाद उसे बाहर बाज़ार में एक शोर सुनाई दिया। बहुत-से आदमियों के एकसाथ बातें करने का बढ़ता हुआ शोर और इस शोर पर शाम का अखबार बेचने वालों की ऊंची आवाज़।

माटुंगा के निकट दो गाड़ियों की दुर्घटना—आठ आदमी मर

गए, दो सौ आदमी ज़ख्मी—रंगीली नंगेखो पैर अपने घर खुला छोड़ कर दौड़ती हुई बाज़ार में चली गई और अखबार वाले से एक अखबार छीनकर पढ़ने लगी।

वह माटुंगा गई, उस स्थान पर जहां दुर्घटना हुई थी—जहां से अभी तक लाशें और ज़ख्मी लोग उठाकर ले जाए जा रहे थे। वह एक-एक डिब्बे को छानती फिरी। हर स्ट्रेचर को उसने ध्यान से देखा। उसका लक्खी उनमें नहीं था। फिर वह अस्पतालों में उसे ढूंढ़ती फिरी। वहां भी लक्खी नाम का कोई ज़ख्मी नहीं था। रात को वह मोर्ग पहुंच गई।

पंक्तियों में लांशे रखी थीं और देखने वाले क्यू लगाकर अपने प्यारों को देखने आ रहे थे। झुक-झुककर पहचानने की कोशिश कर रहे थे। मरने वालों की आंखें खुली थीं, मगर वे पहचान नहीं सकते थे, वे आवाज़ भी नहीं दे सकते थे—किसकी तलाश में हो—इधर आओ देखो मैं यहां लेटा हूं।

एक शव को देखकर रंगीली ठिठकी। झुकी, फिर उस लाश से लगकर फूट-फूटकर रोने लगी—मोर्ग का एक आदमी उसके सिर पर आ खड़ा गया।

"क्या तुम इस लाश को पहचानती हो?"

"नहीं।"-

"क्या तुम इसकी पत्नी हो?"

"नहीं।"

"बहन हो?"

"नहीं।"

"फिर कौन हो?"

"मैं तो कोई भी नहीं हूं इसकी, कोई भी नहीं हूं इसकी।"—रंगीली की चीखें निकल गईं।

वह शव से लिपट-लिपटकर रो रही थी। मोर्ग का आदमी चला गया। जब वापस आया तो उसके हाथ में एक पैकेट था। पैकेट में एक साड़ी झांक रही थी—दुल्हन की साड़ी। वह आदमी बड़े ठण्डे स्वर में बोला—"एक पैकेट और भी है, कुछ रकम भी निकाली है। तुम अगर इसके घर वालों का पता हमें दे दो तो हम अभी सूचना दे देंगे।" रंगीली आंसू पोंछकर पता लिखवाने लगी।

रात को उनके बाज़ार में बड़ी चहल-पहल थी। बिजली के कुम-कुमे, शराबियों के चहचहे, पायल की खनक, गीत की सरगम—

जुल्मी पिया कित देस गयो—जुल्मी पिया—

रात-भर वह अपने कमरे में प्रकाश किए बिना अपनी सूखी आंखों से टकटकी बांधे देखती रही। उसकी सखियां उससे सहानु-भूति करने आतीं, मगर उसने किसीको अपने कमरे में नहीं आने दिया। रात-भर वह अपने पलंग पर बैठी टांगें नीचे लटकाए अंधेरे में देखती रही और कुछ सोचती रही।

सुबह चार बजे के करीब अभी काफी अंधेरा था। रौनक छंट गई थी और बाज़ार के शोर को भी नींद-सी आ गई थी। वह अपने पलंग से उठी। उसने अपने सूटकेस में कुछ कपड़े डाले और बाकी सारे सामान को इसी तरह छोड़ कमरे को खुला छोड़कर तेज़-तेज़ कदमों से बाज़ार से निकल गई।

सुबह सवेरे जब हल्की-हल्की पो फट रही थी उसने लक्खी के झोंपड़े पर जाकर दस्तक दी। भीतर से किसीने करातकर पूछा—"कौन है?"

"मैं हूं!" दरवाज़ा खोलो।

लक्खी की आठसाला बहन ने दरवाज़ा खोला—"रो-रोकर उसकी आंखें सूजी हुई थीं। अंधी मां बिस्तर पर निढाल बैठी थी।

रंगीली सीधी अन्दर चली गई। उसने लक्खी की आठसाला

बहन की चकित आंखों की ओर ध्यान नहीं दिया। वह सीधी लक्खी की मां की खाट के निकट पहुंच गई। अपना सूटकेस नीचे ज़मीन पर रखकर उसने मां के पैर छुए।

"तुम कौन हो?"—मां आश्चर्यपूर्ण स्वर में कांपते हुय बोली।

रंगीली ने कहा—"मैं—मैं लक्खी की पत्नी हूं। कुछ महीने पहले उसने मुझसे खुफिया विवाह कर लिया था। मगर आपको नहीं बताया था।" लक्खी की मां रोकर बोली— "हाय लक्खू ने मुझे कुछ बताया था तो—कि—उसने कोई लड़की पसन्द कर ली है।"

"मेरी शादी हो चुकी है लक्खी से।"—रंगीली ने बड़े मज़बूत लहजे में कहा—"और अब मैं अपने घर आ गई हूं। आज मैं यहीं रहूंगी और मेहनत-मज़दूरी करके अपना भी पेट पालूंगी और अपनी सास का भी और ननद का भी। अपनी बहू को आशीर्वाद दो मां।"

लक्खी की मां कुछ देर चुप रही। अपनी अंधी आंखों से जैसे शून्य में कुछ ढूंढ़ती रही। फिर कांपते हाथों से रंगीली का चेहरा टटोलने लगी—होंठ—नाक—कान—कपोल। कपोलों पर बहते हुए आंसुओं से उस कांपती बूढ़ी की अंगुलियां भीग गईं। मां ने दोनों हाथ फैलाकर रंगीली को अपने कलेजे से लगा लिया। रंगीली ने दूसरे हाथ से रोती हुई बहन को लिपटा लिया। कुछ देर बाद अपने आंसू पोंछकर कहा—"मां, मैं तुम्हारे लिए चाय बनाकर लाती हूं।"

वह दूसरे कमरे में चली गई। लक्खी की छोटी बहन खाली हाथ लटकाए हुए उसके पीछे-पीछे चली आ रही थी। रंगीली ने चूल्हा ठीक किया। बर्तन करीने से लगाए। चाय की पत्ती नहीं थी। शक्कर नहीं थी। दूध नहीं था। घर में कुछ नहीं था। चकित होकर उसने लक्खी की बहन की ओर देखा—उसने धीरे से अपना सिर झुका लिया।

'मगर मेरे पास तो एक पैसा भी नहीं है'—रंगीली ने सोचा

और मां से मांगना उसे अच्छा नहीं लगा—फिर अब वह क्या करे? अकस्मात् उसे याद आया—लक्खी ने एक बार उसे दस रुपये का नोट एडवांस में दिया था और दस का नोट उसके सूटकेस में कपड़ों के नीचे पड़ा था।

जल्दी से सूटकेस खोलकर रंगीली ने 'मुझे' निकाला और चोली में डालकर बहन से बोली—"मैं अभी आती हूं।" वह दरवाज़ा आहिस्ता से बन्द करके बाहर निकल गई।

झोंपड़े से गुज़रकर वह गंदे नाले के पुल पर पहुंची। उसे लक्खी के कदम याद आए और गन्दी घायल ज़िन्दगी की बू उसके नथुनों में आने लगी। वह जल्दी-जल्दी पुल पार करके रेल की लाइन पार करने लगी।

रेल की पटरी पार करके वह सड़क पर चलती गई। सन केसर के वृक्ष के निकट जाकर आप ही आप उसके कदम रुक गए। उसके तने से लगकर उसने अपनी आखें बन्द कर लीं। ठीक उसी क्षण उसे ऐसा लगा—बस एक क्षण के लिए—जैसे वह दुलहन का लाल-लाल जोड़ा पहने सन केसर के फलों से महकी खड़ी है, लक्खी उसके पास आ गया है और उसकी कमर में हाथ डालकर सरगोशी की सी मीठी आवाज में उससे प्रेम की बातें कर रहा है···

काएं—! काएं!—एक कौआ सन केसर की डाल से चिल्ला पड़ा। घबराकर रंगीली ने आंखें खोल दीं।—वह क्षण चला गया था, दुनिया अपनी जगह पर वापस आ गई थी,सन केसर के फूल बहुत दूर ऊपर चले गए थे। सब कुछ उसी तरहथा—भयानक, डरावना, मुश्किल, सख्त दिल, मगर वह बदल गई थी।

उसने अपनी साड़ी के पल्लू को कसकर बड़ी सख्ती से अपना कमर के चारों ओर बांधा। जीभ निकालकर कौए को मुंह चिढ़ा दिया और बनिये की दुकान से सौदा खरीदने चली गई।

उपसंहार

कभी-कभी मैं सोचता हूं—उन लोगों के बारे में जिनके हाथ से मेरा लेन-देन होता है और मैं सोचता हूं कि जब वे मुझे किसी दूसरे को देते हैं तो क्या देते हैं? जब लेते हैं तो क्या लेते हैं?—खुशी का एक वादा, मोहब्बत का कोई धोखा, कि मज़बूत मेहनत का एक पल?—हर बार मैं ताश के पत्तों की तरह ज़िन्दगी के जुआखाने में फेंका जाता हूं, एक आवारा कुत्ते की तरह समाज की सड़कों पर सैकड़ों बिखरी हुई ज़िन्दगियों के कूड़े-कर्कट को सूंघता हुआ चला जाता हूं। फायदे और नुकसान के काउंटर पर अनगिनत इच्छाओं का भुगतान करता हूं। एक दुमदार तारे की तरह विभिन्न वर्गों की तहों को चीरता हुआ गुज़र जाता हूं और जिधर से गुज़रता हूं मेरे स्पर्श से समाज के नाते और उनकी काली कड़ियां रोशन होती जाती हैं।

बड़े विचित्र हैं ये लोग—पहले तो खुद ही मेरा निर्माण करते

हैं, फिर हाथ जोड़कर मुझे पूजने लगते हैं और भगवान मान लेते हैं और भगवान की तरह अपनी हर इच्छा की पूर्ति मुझसे चाहते हैं। वे अपने जीवन का पूरा बोझ मुझपर डाल देते हैं और जानते हैं कि मैं तो कागज़ की एक नाव हूं जो ज़िन्दगी की लहरों से खेल तो सकती है, किसीको पार नहीं लगा सकती। अपनी अभिलाषाओं की अन्धी खोज में उन्होंने कागज़ के एक पुर्जे को अपनी छाती से लगा लिया है और भूल गए हैं कि न तो मैं मानव की मेहनत हूं, न प्रेमिका का प्रेम, न ज्ञान का मोती, मैं तो केवल एक कागज़ी आवरण हूं। इसपर भी वे मुझे तिजोरियों में बन्द करते हैं, बैंकों में रखते हैं, खुफिया तालों के अन्दर छिपाते हैं और सोचते हैं कि मेरे द्वारा सब कुछ खरीद सकते हैं। हालांकि जब कभी मैंने किसी स्वाभिमानी, अपने परिश्रम के नशे में उन्मत्त, किसी इन्सान को अपने मुकाबिल पाया है, अपने-आपको अपनी अपार शक्ति के बावजूद एक कागज़ी पुर्जे की तरह तुच्छ और निकृष्ट पाया है, पर ऐसे क्षण मेरे जीवन में बहुत कम आते हैं।

शायद मैं इसीलिए अपने बारे में इतना सोचता हूं। शायद एक करेंसी नोट को भी अपने जीवन का अर्थ मालूम करने का अधिकार है।—क्या हूं मैं? कागज का एक पुर्ज़ा, सरकार का हुक्मनामा, कीमत का पैमाना, कि इन्सान की इच्छाओं का आईना? मैं दुःख भी और दर्द भी, आनन्द भी और उल्लास भी, देवताओं के चरण भी, शैतान की हंसी भी, मैं फूलों की महक, प्रेमिका की मुस्कान, परिश्रम की पीड़ा, अनादर का पहला आंसू? सदा भटका रहता हूं, हूं इधर से उधर।

हर रोज़ सैकड़ों हाथ मुझे घबराकर पकड़ लेते हैं और कभी छोड़ने पर तैयार नहीं होते हैं। लगता है जैसे सारी सभ्यता लूली और लंगड़ी है और करेंसी नोटों की बैसाखी पर चल रही है।

कभी-कभी मुझे अपने-आपसे बड़ा डर लगता है, जब वे मुझमें झांकते हैं और अपने जीवन का मतलब मुझसे पूछते हैं। हालांकि उन्होंने ही मेरा आकार तय किया है, मेरी कीमत तय की है। मुझ पर मोहर लगाई है और उसपर एक वादा अंकित किया है, और उसे एक सलीव की तरह समाज के गले में टांग दिया है। और गोकि मेरा रंग-रूप, चेहरा-मोहरा, नाक-नक्श, कद-कीमत सब तय हैं, फिर भी वे मुझे देखते ही यह सब कुछ भूल जाते हैं। वे भूल जाते हैं तमाम नियम जो पुरानी बाइबिल के कड़े आदेशों की तरह उन्होंने खुद ही मेरे माथे पर लिख दिए हैं और फिर भी तलाश करते हैं अपने जीवन के तमाम सपनों को कागज़ की छोटी-सी सीमा में, अपनी छोटा-बड़ा अभिलाषाओं के अनुसार वे कभी मेरी कीमत को घटाते हैं कभी बढ़ाते हैं और एक मज़हबी किताब की तरह मुझमें से अपने मतलब के मानी निकालने की हर कोशिश करते रहते हैं।

शायद मैं कागज़ का एक पुर्जा नहीं हूं। मैं इस युग का सबसे महान ग्रन्थ हूं।